Tucholsky Wagner Zola Scott Sydow Fonatne Freud Schlegel
Turgenev Wallace
Twain Walther von der Vogelweide Fouqué Friedrich II. von Preußen
Weber Freiligrath
Fechner Fichte Weiße Rose von Fallersleben Kant Ernst Frey
Richthofen Frommel
Hölderlin
Engels Fielding
Fehrs Faber Flaubert Eichendorff Tacitus Dumas
Eliasberg Ebner Eschenbach
Feuerbach Maximilian I. von Habsburg Fock Eliot Zweig
Ewald Vergil
Goethe London
Elisabeth von Österreich
Mendelssohn Balzac Shakespeare Dostojewski Ganghofer
Lichtenberg Rathenau
Trackl Stevenson Doyle Gjellerup
Tolstoi Hambruch
Mommsen Thoma Lenz Hanrieder Droste-Hülshoff
von Arnim
Dach Verne Hägele Hauff Humboldt
Reuter
Karrillon Garschin Rousseau Hagen Hauptmann Gautier
Defoe Baudelaire
Damaschke Descartes Hebbel
Wolfram von Eschenbach Schopenhauer Hegel Kussmaul Herder
Darwin Dickens
Bronner Melville Grimm Jerome Rilke George
Bebel
Campe Horváth Aristoteles Proust
Bismarck Vigny Barlach Voltaire Federer Herodot
Gengenbach Heine
Storm Casanova Tersteegen Grillparzer Georgy
Lessing Gilm
Chamberlain Langbein Gryphius
Brentano Lafontaine
Claudius Schiller
Strachwitz Kralik Iffland Sokrates
Bellamy Schilling
Katharina II. von Rußland Gerstäcker Raabe Gibbon Tschechow
Löns Hesse Hoffmann Gogol Wilde Vulpius
Gleim
Luther Heym Hofmannsthal Morgenstern
Klee Hölty
Roth Heyse Klopstock Kleist Goedicke
Luxemburg Puschkin Homer Mörike
La Roche Horaz Musil
Machiavelli
Kierkegaard Kraft Kraus
Navarra Aurel Musset
Lamprecht Kind Kirchhoff Hugo Moltke
Nestroy Marie de France
Laotse Ipsen Liebknecht
Nietzsche Nansen
Marx Ringelnatz
Lassalle Gorki Klett
von Ossietzky Leibniz
May
vom Stein Lawrence Irving
Petalozzi
Platon Knigge
Pückler Michelangelo Kafka
Sachs Poe Kock
Liebermann Korolenko
de Sade Praetorius Mistral Zetkin

Der Verlag tredition aus Hamburg veröffentlicht in der Reihe **TREDITION CLASSICS** Werke aus mehr als zwei Jahrtausenden. Diese waren zu einem Großteil vergriffen oder nur noch antiquarisch erhältlich.

Symbolfigur für **TREDITION CLASSICS** ist Johannes Gutenberg (1400 — 1468), der Erfinder des Buchdrucks mit Metallettern und der Druckerpresse.

Mit der Buchreihe **TREDITION CLASSICS** verfolgt tredition das Ziel, tausende Klassiker der Weltliteratur verschiedener Sprachen wieder als gedruckte Bücher aufzulegen – und das weltweit!

Die Buchreihe dient zur Bewahrung der Literatur und Förderung der Kultur. Sie trägt so dazu bei, dass viele tausend Werke nicht in Vergessenheit geraten.

Einsam

Juhani Aho

Impressum

Autor: Juhani Aho
Übersetzung: Mathilde Mann
Umschlagkonzept: toepferschumann, Berlin

Verlag: tredition GmbH, Hamburg
ISBN: 978-3-8424-8774-1
Printed in Germany

I.

Das Abendessen war beendet, man saß im Salon, und die Uhr ging auf zwölf. Man war den ganzen Abend einsilbig gewesen, und was gesagt wurde, war ohne Inhalt. Die Unterhaltung war mehr und mehr versiegt und drohte, ganz ins Stocken zu geraten. Wenn das Rollen einer auf der Straße vorüberfahrenden Droschke, das auf Minuten die Stille unterbrochen hatte, in der Ferne erklang, hörte man nichts mehr als den wehmütig singenden Ton der Lampenflamme.

Ich sah, wie Anna heimlich ein Gähnen hinter der Hand verbarg. Der Bruder, der mit langausgestreckten Beinen im Schaukelstuhl lag, gähnte ganz unverhohlen, - wir waren nämlich alte Freunde. Ich konnte nicht länger sitzenbleiben, obwohl ich meine Blicke gern noch eine Weile von meinem Platz unter dem Halbschatten eines Lampenschirmes dorthin gerichtet hätte, wo sie, von dem Licht der Lampe beschienen, über ihre Arbeit gebeugt saß. Jetzt legte sie das Nähzeug auf den Tisch und schien im Begriff, sich erheben zu wollen. Ich war ihr zuvorgekommen, nahm meinen Hut, der auf dem Klavier lag, und verbeugte mich vor der Mutter.

»Gehen Sie schon?« fragte diese, streckte aber doch ihre Hand aus.

»Es wird Zeit«, sagte ich, und ich besaß nicht Stolz genug, um den niedergeschlagenen Ton meiner Stimme zu dämpfen, obwohl ich fühlte, daß ich es hätte tun müssen.

»Nun, dann leben Sie wohl, und glückliche Reise!« Und dann wünschte sie mir noch Glück und Wohlergehen und hieß mich viele neue Gedanken mit heimbringen.

»Viele neue Gedanken - ja!« und ich bemühte mich, meiner Stimme einen halb bitteren, halb verächtlichen Ton zu geben.

»Lebe wohl, alter Bursche, und schreibe über alles mögliche, wie wir verabredet haben«, sagte der Bruder, die Trägheit abschüttelnd, die mich den ganzen Abend gepeinigt hatte.

Anna saß zwischen ihnen. Ich war an ihr vorbei, von der Mutter zum Bruder gegangen. Ich wollte, daß der Druck ihrer Hand der letzte vor meiner Abreise sein sollte.

»Adieu – – –«

»Adieu, glückliche Reise.«

Wie trocken, wie feierlich und wie kalt sie das sagte! Wie gleichgültig und gefühllos ihr Händedruck war!

Als die andern mich auf den Vorsaal hinausbegleiteten, blieb sie im Salon zurück und schloß das Klavier, an dem sie in der Dämmerstunde, als ich kam, saß und phantasierte. Ich hatte die Musik auf der Treppe gehört und hatte eine Weile hinter der Tür mit verhaltenem Atem und pochendem Herzen gelauscht. Ich sah sie jetzt die Lampe vom Tisch nehmen, und ich hoffte schon, daß sie vielleicht kommen, mir vielleicht die Treppe hinableuchten würde. Aber sie räumte nur die Noten auf, wandte sich dann ab, ging durch das Zimmer nach ihrer Schlafstubentür und schloß sie, wie es mir schien, erbarmungslos. Das letzte, was ich von ihr sah, war ihr feines Profil, ihre zarte Wange und eine ringelnde Locke über ihrem Ohr.

Nein, dachte ich, während ich die Treppe hinabging, wenn du nicht willst, so will ich auch nicht. Und ich stieß die Haustür auf, soweit die Feder nachgab. Mag sie knallen! Und sie knallte so, daß die Fensterscheiben klirrten und die lange, dunkle Diele erzürnt widerhallte.

Gott sei Dank, daß *die* Sache endlich klar wurde! Noch bis zum letzten Augenblick hatte ich mich mit Hoffnungen abgequält, – jetzt quält mich nichts mehr. Ich glich dem Wüstenwanderer, vor dessen Blicken die Fata Morgana plötzlich verschwindet, und der nichts als das endlose Sandmeer um sich her erblickt und weiß, daß er seinen Durst nicht löschen kann. Und die Resignation der Hoffnungslosigkeit erfüllte meine Sinne.

Sei zufrieden so, wie es ist, sage ich zu mir selber. Weshalb wallt deine Brust, weshalb stöhnt dein Herz?

Ein schläfriger Droschkenkutscher humpelt mit seiner Droschke um die Straßenecke im Schein einer flackernden Gaslaterne.

Die belaubten Bäume der Boulevards ragen gleich einem dunklen Gewölbe über meinem Kopf empor. Über den Friedhof an der alten Kirche schleicht ein Bursche mit seiner Liebsten.

Eine einsame Frauengestalt mit einem Tuch über dem Kopf mäßigt ihre Schritte und gleitet zögernd an mir vorüber. Sie hat so demütige, flehende Augen. Du hättest sie mit dir nehmen können, sie wäre dir so dankbar gewesen, sie erwartete dich vielleicht, sie stand ja beinahe dort unter der Laterne still: Morgen würde sie dich dann an den Dampfer begleitet haben, würde dich aus der Volksmenge angesehen und dir heimlich einen Gruß mit dem Taschentuch zugewinkt haben. Weshalb ließest du sie gehen?

Anna kann ja nicht kommen. Sie würde gern kommen, aber sie kann nicht. Nimm dir das nicht so zu Herzen, Geliebte, du kannst ja nicht! Weine nicht, meine Kleine, stirb nicht vor Schmerz! Versuche, froh zu sein! In ein paar Jahren komme ich wieder und bringe so viele, viele neue Gedanken mit heim.

Plötzlich hallt der ganze Marktplatz von einem lauten Wagengerassel wider, und von Trekanten herab kommt eine Droschke mit flotten Studenten, die soeben in der Stadt angekommen sind.

Sie sind jung, sie jauchzen und rufen Hurra! Sie können noch genießen, und ihnen liegt die Welt offen.

Aber bin ich denn ganz von Sinnen? Bitter und mißgünstig bin ich gegen diese jungen Leute, die sie wahrscheinlich gar nicht kennen und die sich nichts aus ihr machen, wie auch sie sich nichts aus ihnen macht! Und nur aus dem einen Grunde, weil sie hier zurückbleiben! Aber einer von ihnen, derjenige, der mir zunächst saß, hatte seine weiße Mütze so keck und sorglos auf das eine Ohr gesetzt. Er hatte so kräftige Schultern und so schwarzes, lockiges Haar. Ich gehe mit einem Zylinderhut wie ein alter Herr, und ich bin dick und schwerfällig und unbeholfen.

Ich zwinge mich zu einem überlegenen Hohnlächeln bei diesem Vergleich, beschleunige meine Schritte und gehe über die Esplanade nach Kämps Hotel, über dessen Tür eine elektrische Lampe ihr bläuliches Licht verbreitet.

Welch angenehmes Gefühl, in seine Wohnung, sein Hotel, seine Nummer hinaufzusteigen. In der Türspalte steckt die Rechnung, die

»um Irrtümer zu vermeiden«, jeden Tag hingelegt wird, so freundlich ihre Hand aus. Welch heimischer Duft in diesem Zimmer! Von welch einer vorzüglichen Ordnung zeugen nicht diese ungebrannten Lichter, beide gleich lang, die zu beiden Seiten des Spiegels stehen, und dann der Aschbecher, auf dessen Boden ich mechanisch lese: »Nordisches Aussteuermagazin in Helsingfors. – Großes Lager von Wirtschaftsgeräten für Privatfamilien und Gasthäuser.«

Weshalb sagt man: »unpersönlich wie ein Hotelzimmer?« Vielleicht weil es nicht den eigenen Stempel der Person trägt, weil es keine Erinnerungen an Ereignisse in unserem Leben erweckt. Aber ich habe ja mein halbes Leben im Hotel zugebracht. Diese stummen Stühle, Sofas und Tische, die einander alle gleichen, sind für mich gleichsam alte Erbstücke. Und da steht ja mein Koffer weit geöffnet vor dem Alkoven. Als ich ihn vor einer Woche bei meiner Abreise vom Lande packte, waren wir noch gute Freunde. Sie brachte mir meine frischgebügelte Wäsche, ganz rot von wirtschaftlicher Anstrengung. Ihr war der Atem ausgegangen, als sie die hohe Bodentreppe hinaufgesprungen war, und um Luft zu schöpfen, setzte sie sich auf einen Stuhl und ließ die Hände in den Schoß sinken.

Sie wollte sehen, wie man einen Koffer packe, wenn man ins Ausland reisen wolle. »Ach was, Sie kennen ja nicht einmal die ersten Anfänge, Sie alter Knabe! Fort mit Ihnen!« Und sie schob mich beiseite, wendete den Koffer um und fing an, alles von neuem einzupacken. Sie lag auf den Knien am Boden, das Haar in entzückender Unordnung. Ich mußte ihr die Sachen zureichen. Die weiße Wäsche glitt durch ihre Hände und wurde im Koffer so hübsch und glatt aufeinandergestapelt und der kleinste Zwischenraum mit Kragen und Taschentüchern ausgefüllt.

Ich stand da, unbeholfen und bezaubert. Das würde sie nicht tun, wenn sie mich nicht liebte. Morgen sollte ich reisen, jetzt war der rechte Moment gekommen. Und ich sprach aus, was mir den ganzen Sommer auf der Zunge geschwebt hatte – daß ich sie liebe.

Ihr Antlitz kann ich nicht sehen. Aber ich sehe ihren Nacken erröten, sie legt noch ein paar Taschentücher hinein, wirft dann den ganzen Stapel auf den Fußboden, und ich höre schnelle Schritte die Treppe hinabeilen und über die Diele in ihr Zimmer huschen, dessen Tür ins Schloß fällt.

Ohne daß mich jemand bemerkt – die Mutter ist in der Küche beschäftigt –, gelange ich ins Freie, schweife über Berge und Hügel, und als ich zurückkehre, an den Eisenbahnschienen entlang, kaum des mir entgegenbrausenden Zuges achtend, und wieder zu Hause anlange, ist ihre Tür noch verschlossen. Aber in meinem Zimmer, oben auf meiner Wäsche liegt ein Zettel auf ihrer Hand. Sie hat mich wie einen Freund betrachtet, wie einen älteren Bruder, fast wie ein Onkel. Von etwas anderem kann gar nicht die Rede sein. Hat weder der Mutter noch dem Bruder das geringste gesagt. Und bittet, daß auch ich es nicht tun möge, denn sie ›will nicht‹.

Sie kam nicht zum Abendbrot. Ich sah sie nicht vor dem nächsten Morgen, kurz ehe der Zug abging. Das leichte Sommergewand war verschwunden, sie trug ein ernstes Promenadenkleid. Aus einem ausgelassenen, mutwilligen Mädchen, das ich noch gestern auf Grund unserer alten Bekanntschaft in den Arm genommen und herumgeschwenkt, hatte sie sich in eine würdevolle Dame verwandelt.

Finden sich da nicht Erinnerungen und teure, liebe Gegenstände in diesem Zimmer? Der Koffer trägt noch die Spuren ihrer Hände. Weshalb sagt man, daß es einem Hotelzimmer an Persönlichkeit gebricht und daß man nicht betrübt ist, wenn man es verlassen soll?

Und wohl hätte er etwas zu berichten, dieser Alkoven, in dem ich die schlaflosen Nächte dieser meiner Marterwoche verbracht habe, und wo ich – ein ausgewachsener Mann – weinend das Kopfkissen an mich gepreßt habe, in dessen einer Ecke sich der Namenstempel des Hotels befand.

Und wie kann ich es denn über mich gewinnen, dich zu verlassen, dich, die meines Herzens größte Freude war! Aber es mußte ja sein! Fort, fort! Alles unter Schloß und Riegel! Meine ganze Vergangenheit unters Schloß und den Schlüssel in die Tasche! Und auf den Knien liegend, drückte ich schonungslos das Schloß des Koffers fest, als wollte ich etwas Totes hineinpressen.

Die elektrische Klingel, die dort am Ende des Korridors ertönte, war wohl von mir in Bewegung gesetzt worden?

Ach ja, der Kellner! »Wollen Sie, bitte, dafür Sorge tragen, daß meine Sachen nach dem Dampfer hinabbefördert werden?«

So leb' denn wohl, mein Zimmer! und halblaut frage ich mich, ob es mir nicht schwer wird, meine Heimat zu verlassen! Wirf am Tor eine letzte Kußhand zurück nach den Hallen deiner Väter, aus deren Fenstern dir die erlöschende Abendglut einen Abschiedsgruß entgegenstrahlt.

Ich gehe in die Restauration hinab. Ich kann mich ja nicht wie ein Ausreißer aus dem Staube machen. Dies ist ja ein selten feierlicher Augenblick! Und zu dessen Ehre muß man wohl einen Abschiedstrunk trinken.

Als ich die Treppe hinuntergehe, auf deren teppichbelegten Stufen nur ein leiser Widerhall meiner Schritte hörbar ist, erblicke ich mit Genugtuung im Spiegel das Bild eines Mannes, der die Augenbrauen satirisch in die Höhe gezogen hat und dessen Mundwinkel Verachtung ausdrücken. Ich schwelge förmlich in diesem meinem Hohn, in dem Trotz meines eigenen Gemüts, den ich plötzlich, nach langer Zeit, wieder in mir aufsteigen fühle. Und ich will diese Empfindung aufrechterhalten.

Aber ich fühle, daß der Boden gleichsam gesprungen ist und daß der Hohn und der Trotz mit großer Schnelligkeit sinken.

Im Vorsaal der Restauration fühle ich eine harte Matte von Lindenbast unter meinen Füßen. Mein Überrock fällt mir von den Schultern in die Hände des Kellners. – – – Dort vor dem Spiegel stand sie im Frühling und ordnete ihr Haar und ihren Hut. – – – Der große Speisesaal ist erleuchtet wie zu einer Hochzeit. Aus dem Nebenzimmer ertönen Stimmen, man sieht Damenhüte, Offiziersepauletten und eine weiße Hemdbrust. – – – Dort hatten wir einmal mit der ganzen Familie zu Abend gegessen, ehe sie aufs Land reisten. Der Saal ist jetzt fast leer. Vor der Tür, mitten im Zimmer, steht ein runder Sofatisch. Um denselben herum bewegt sich ein kleiner, kahlköpfiger Herr, der an einer Kruste knabbert und eine Gabel in der rechten Hand hält. Ein paar andere Herren im Frack, Senatskanzlisten, die anscheinend von einer Sitzung kommen, sitzen weiterhin im Saal, jeder auf einer Seite eines kleinen, runden Tisches, sich mit den Stirnen fast berührend, in lebhafter Unterhaltung begriffen.

Ich gehe durch den ganzen Raum bis an die äußerste Ecke des Zimmers. Ein Kellner hat sich von seinem Observationsposten an der entgegengesetzten Wand in Bewegung gesetzt.

Ich weiß nicht, was ich bestellen soll, etwa einen Grog!

Aber als ich das Gewünschte bekomme und anfange, meinen Trank zu mischen, begreife ich nicht, warum in aller Welt ich hier bin, einsam, mitten in der Nacht mir einen Grog brauend. Wie mit einem Schlage erschlafft meine Spannkraft, und ich falle zusammen wie ein Bündel. Ich bin nicht mehr imstande, den Kopf aufrecht zu halten, und der Hohn und der Trotz stürzen von ihrer künstlich aufgebauten Höhe herab.

Denn das Ganze ist ja entsetzlich hoffnungslos und traurig. Sie war meine letzte Hoffnung gewesen. Sie hatte mich wieder aufgerichtet, mich, der ich schon hoffnungslos, geistig leblos dalag. Ich wollte ein neues Leben beginnen, wollte arbeiten, wirken, mich anstrengen. Ich hatte mich schon darauf vorbereitet. Und nun war alles wieder wie vorher. Ich saß hier in dieser Restauration wie an einem öden Strand, von dem ich auf immer Abschied genommen zu haben glaubte. Ich fühlte mich oft älter und kraftloser als vorher. Nichts in mir war zerrissen, ich fühlte weder Schmerzen noch Beklemmungen. Aber meine ganze Kraft war erlahmt. Ich war wie ein alter, abgearbeiteter Ackergaul.

Während der letzten Nächte hatte ich ausgetobt, ausgeklagt. Jetzt fühlte ich, daß ich nicht mehr klagen, nicht einmal mehr trauern konnte. Ich wäre froh gewesen, wenn ich die Erinnerungen hätte von mir stoßen können. Aber sie hatten sich nun einmal daran gewöhnt, um diese Zeit des Nachts zu kommen. Sie kamen in demselben Fahrwasser daher, das sie immer zu durchfurchen pflegten. Ebenso hell – wenn auch vielleicht ein wenig bleicher und farbloser als bisher.

II.

Ich habe sie gekannt, als sie noch ganz klein war. Das erstemal sehe ich sie, als mich der Bruder in die Familie einführt und mich als seinen besten Freund vorstellt. Die Mutter ist eine stille, freundliche Witwe, von mildem, sanftem Aussehen und mit ergrauendem Haar. Sie scheint nur für ihre Kinder zu leben.

Man bringt Kaffee, und den Brotkorb trägt ein kleines, helläugiges Mädchen, das mir offen in die Augen sieht und sich nicht im geringsten bemüht, seine Lachlust zu bezwingen. Ihre Verneigung besteht aus einem kurzen, ruckweisen Knicks, gleichsam aus Zwang gemacht und aus Gnade geschenkt, der aber seine bestimmte Zeit hat, ebenso wie die kurzen Kleider. Zwei schwarze Flechten reichen ihr bis in die Taille hinab. Du wirst sicher viele Herzen brechen, wenn du nur erst erwachsen bist, denke ich im Vorübergehen.

Wir werden gute Bekannte. Ich besuche die Familie oft, und die Kleine geht um dieselbe Zeit zur Schule, wie ich auf die Universität gehe. Entweder hole ich sie ein, oder ich mäßige meine Schritte, wenn ich sie um die Straßenecke biegen sehe. Oft, wenn ich sie nicht bemerkt habe, bekomme ich einen Schneeball in den Rücken. Und wenn ich mich dann nach ihr umwende, ballt sie schon lachend einen zweiten in ihren rotgefrorenen Händen zusammen. Sie ist so morgenfrisch, den Hut auf dem einen Ohr, während der Muff an einer Schnur an der Seite hängt wie eine Jagdtasche. Zuweilen geschieht es, daß ich ihr um acht Uhr begegne, wenn ich von einem Trinkgelage heimkehre, das die ganze Nacht gewährt hat. Sie ahnt nicht, woher ich komme, springt an mir vorüber und pufft mich im Vorbeigehen. Wenn ich dann nach Hause komme und mich entkleide, alles, was mir von der durchwachten Nacht anhängt, abwasche und mich auf mein unberührtes Bett lege, steht sie in Gedanken einen Augenblick vor mir, gleich einem kleinen, reinen Vogel, den man kennt und den man oft vor sich über den Weg huschen sieht.

Sie ist offenbar stolz auf ihren erwachsenen Kavalier, der sie oft gar bis an die Schultüre begleitet. Wenn sie mir begegnet, läßt sie es sich nicht nehmen, mir eine Verbeugung zu machen, und ich lüfte den Hut wie vor einer erwachsenen Dame. Und oft springt sie aus dem Mädchenschwarm auf der anderen Seite der Straße auf mich zu und gibt mir ihre Bücher zu tragen, um sich vor ihren Freundinnen mit ihrer Bekanntschaft zu brüsten. Wenn es ihr einfällt, kann sie wohl sagen: »Kommen Sie doch, bitte, bald einmal zu uns!« Natürlich steht mein Name in ihrem Stammbuch und daneben ein Gedicht, und ich glaube, daß ich zu jener Zeit ihr »Ideal« war.

Ich verlobe mich, und als ich mit meiner Braut die erste Visite mache, ist sie nicht zu bewegen, in den Salon zu kommen. Die Mutter will sie hereinholen, aber sie antwortet nur: »Nein, ich komme nicht!« und ritzt Bilder auf die betauten Fensterscheiben. Ich sehe das alles durch die Türspalte und höre die Mutter schelten: »Anna, besudele das Fenster doch nicht so!«

Meine Braut sitzt am Sofatisch und besieht Photographien. Ich empfinde eine augenblickliche Schwäche in meinen Gefühlen. Ihre Züge erscheinen mir, von vorn gesehen, so grob und alltäglich.

Am nächsten Tage erzählt mir der Bruder lachend, daß meine Braut, die Lehrerin an der höheren Töchterschule ist, in Annas Augen »häßlich« und »hochmütig« sei, und daß niemand in ihrer Klasse sie »ausstehen« könne. »Wie kann man auch nur einen solchen Geschmack haben!«

Auf mehrere Jahre verschwindet sie aus meinen Augen und Gedanken. Ich mache mein Examen, ziehe aufs Land und komme nur selten nach Helsingfors. Ich habe aus dieser Zeit kein anderes Bild von ihr als das eines heranwachsenden, gewöhnlichen Schulmädchens in den oberen Klassen der finnischen höheren Mädchenschule. Sie ist schüchterner als früher, und wenn der Bruder sie einmal mit irgendeiner »Flamme« neckt, so geht sie beleidigt fort und zeigt sich nicht mehr.

Vor einem Jahre sehe ich sie zum erstenmal in ihrer jetzigen Gestalt. Ich habe genug von den Verhältnissen und dem Leben auf dem Lande und in den kleinen Städten, wo ich seither Lehrer gewesen bin. Meine Verlobung ist längst aufgehoben, neue Verbindungen sind wieder abgebrochen. Es bietet sich mir eine Gelegenheit, ins Ausland zu reisen, und ich komme im Frühling nach Helsingfors, um Französisch zu lernen. Ich komme dorthin mit der inneren Leere, die in der Einsamkeit des Landes, in den entlegenen Winkeln der kleinen Städte, wo die Lebenskraft gleichsam eintrocknet, entsteht, und unter welcher der Geist schwindet und leidet. Alle Bande waren zerrissen, meine Eltern waren gestorben, und ich hatte keine Angehörigen, die mir nahe standen. Ich hatte gegen niemand Verpflichtungen, und ich konnte sorgenfrei leben, konnte noch einmal nach einem langen Zwischenraum das Leben in der großen Welt genießen, ehe ich mich ganz dem Alter übergab. Ich kam mit ungefähr denselben Gefühlen wie das erstemal als junger Student.

Ich gehe geradeswegs nach dem alten, bekannten Hause und schelle. Ein erwachsenes junges Mädchen öffnet die Tür. Ich habe noch das deutliche Gefühl, daß ihre Züge, ihre Augen, ihr langes Haar, ihr rundlicher Busen, ihr schlanker Wuchs, – daß dies alles sich in diesem einen Augenblick mit einem einzigen Schlage in meine Sinne einbrennt, wie in die Platte des Photographen.

Ich verliebe mich auf der Stelle in sie. Mit den zähen Gefühlen eines gereiften, erfahrenen Mannes klammere ich mich an ihr fest. Sie scheint mir alles das zu besitzen, was ich bisher vergebens gesucht habe. Nicht ein einziger kleiner Zug, nicht eine Bewegung, auch nicht ein Tonfall in ihrer Stimme, der mich stört oder verletzt. Wenn ich früher liebte, habe ich oft eine Erschlaffung in meinen Gefühlen empfunden, eine Art von Intervallen. Ich konnte Fehler an diesen anderen finden, konnte sie kühl beurteilen, und immer hatte ich eine Ahnung, daß meine Liebe verschwinden würde, – wie sie es auch tat. Und ich war mir stets klar darüber, weshalb ich diese andere liebte. Jetzt kann ich die Gründe nicht finden, ich kann meine Meinung nicht definieren. Sie ist nur so, wie sie ist. Sie hat sich beim ersten Atemzug in mein Blut geschlichen, hat sich durch jede Ader, jeden Nerv gedrängt wie ein junger Wein, der verjüngt und Kraft gibt.

»Ah! Guten Tag!« ruft sie und streckt erfreut ihre Hand aus.

Die Äußerung, daß sie ja schon eine erwachsene Dame ist und daß ich sie kaum wiedererkannt hätte, schwebt mir auf der Zunge. Aber ein gewisses Etwas hindert mich daran. Ein dunkles Bedürfnis, mich selbst zu überreden, daß der Altersunterschied doch nicht so groß ist. Höchstens fünfzehn Jahre, – was ich in aller Geschwindigkeit ausrechne, während ich hinter ihr in den Salon trete.

Sie läuft hinaus, um die Mutter zu rufen, wendet sich in der Tür um und sieht mich an. Diese Bewegungen und Wendungen geschehen gleichsam in mir, und mein Blut gerät bei einer jeden in Wallung.

Ich habe dieselben Empfindungen wie vor Jahren, als ich mich zum ersten Male verliebte. Meine Liebe ist ebenso gefühlvoll, und mein Benehmen ebenso kindlich. Ich suche sie wie durch Zufall überall zu treffen, wo ich nur kann, ersinne alle möglichen Vorwände, um die Familie zu besuchen, und des Abends, ehe ich schlafen gehe, wandle ich oft vor ihrem Fenster auf und nieder. Ich vernachlässige alle meine Beschäftigungen, kümmere mich nicht um meine Vorbereitungen zur Reise oder um die Erlernung der Sprache, um derentwillen ich eigentlich hierhergekommen bin. Die Stunden bei meiner Lehrerin sind ungefähr ebenso wie früher in der Schule. Ich bemühe mich, mit so wenig wie möglich durchzukommen.

Der Frühling kommt, die See geht auf, und ich müßte mit einem der ersten Dampfer nach Lübeck fahren. Ich schiebe die Reise bis auf weiteres auf. Im Süden ist es jetzt zu warm, Paris ist während der ersten Ausstellungswochen zu überfüllt und so weiter.

Hin und wieder machen wir Spaziergänge zu zweien, schauen vom Observatoriumsberg auf das Meer hinab, das blaut und glänzt, und auf den Hafen, in den die Boote hineingleiten, wo die Segel flattern, und der von den weißschimmernden Häusern am Strandmarkt eingefaßt ist. Wir sitzen des Vormittags vor der Kapelle, wo sich die Menschen in farbigen Sommerkleidern um den Springbrunnen drängen. Kleine Mädchen verkaufen frischgepflückte Blumen, und jedesmal, wenn wir dort sind, erlaubt sie, daß ich ihr einen blauen Veilchenstrauß überreiche. Sie steckt ihn an ihre Brust, atmet den süßen Duft ein und vergißt die Blumen im selben Augenblick. Aber ich bin glücklich und kann meine Augen nicht von den Veilchen wenden, die dort im Knopfloch an ihrem Busen ruhen.

Wüßte ich nur, ob sie mich liebt oder ob sie schon einen anderen hat. Und plötzlich überkommt mich eine Angst, auf so lange Zeit fortzureisen, irgendwohin dort hinter den Horizont jenseits der Berge und der fernen Meere!

»Manchmal habe ich gar keine Lust, Finnland zu verlassen«, sagte ich eines Tages.

Sie aber bemerkte nichts in meiner Stimme oder in meinen Blicken. Sie grüßte einen vorübergehenden langen, hübschen Studenten dort am Springbrunnen, befeuchtete ihre Lippen mit dem Glase und sagte ganz sorglos, indem sie die ganze Zeit den Studenten nicht aus den Augen läßt:

»Aber warum denn nur? Es muß doch schön sein, hinauszureisen und die weite Welt zu sehen – – –«

»Es ist auch wohl zu viel verlangt, daß sie sich jetzt schon in mich verliebt haben sollte«, tröstete ich mich. Aber der Gedanke, daß sie hierbleibt und vielleicht verlobt ist, wenn ich zurückkomme, quält mich mehr und mehr. Ich bin eifersüchtig auf alle, denn ich sehe, daß man bereits anfängt, aufmerksam auf sie zu werden. Oft wenden sich die Spaziergänger um und sehen ihr nach. Die Helsingforser Herrenwelt hat in ihr eine aufgehende Schönheit entdeckt. Sie selber hat das auch bemerkt. Zuweilen treibt die allzu deutliche Bewunderung der Vorübergehenden eine zarte Röte auf ihre Wangen. Ich beobachte sie von der Seite, folge jeder Bewegung, jedem Farbenwechsel in ihrem Antlitz. Ohne jegliche Veranlassung fängt sie plötzlich an, fröhlich und lebhaft zu plaudern, was gemacht erscheint und mir nicht recht gefallen will. Oder sie ist zerstreut und behandelt mich kurz, als wolle sie mich reizen.

Eine Woche lang trage ich mich mit dem festen Entschluß, ihr meine Gefühle zu offenbaren. Aber ich schiebe es von Tag zu Tag auf, und an einem der ersten Sonntage im Juni stehen sie im Begriff, aufs Land zu reisen.

Die Eisenbahnstation wimmelt von Schülern, sie ist mit ihrem Bruder vorangeeilt. Ich puffe mich mit der Mutter durch die Menge, ihnen nach, allerlei Handgepäck tragend, das mit ins Coupé soll. Es klingelt zum dritten Male, und ich habe noch immer keinen endgültigen Abschied nehmen können, bei dem ich durch meinen Blick und meinen Händedruck ihr meine Gefühle zu erkennen zu geben hoffe. Der Mutter sage ich in aller Eile Lebewohl, und gerührt wünscht sie mir glückliche Reise. Aber Anna steht bereits am Coupéfenster, umgeben von einem Schwarm zurückbleibender Freundinnen, die ich nicht beiseite schieben kann. Erst als der Zug sich in Bewegung setzt und ich trübselig seiner immer schneller werdenden Fahrt nachschaue, bemerkt sie mich, nickt mir munter und glücklich zu und zieht sich ins Coupé zurück.

Welch ein Sonntag in der heißen Stadt, die fast ausgestorben ist! Wie ich mich auf der Esplanade langweile, wo es von Burschen, Gardisten und Dienstmädchen wimmelt! Und wie mich das ewige Schmettern der russischen Hörner vor der Kapelle ermüdet! Dort ist das Gedränge so groß, daß man kaum hindurchkommen kann.

Ich streife am südlichen Hafen umher und komme nach Skatudden. Lange sitze ich dort, betrachte das Meer und die Segelboote auf dessen Oberfläche, was mich, ich weiß nicht weshalb, noch trauriger stimmt. Und als ein Dampfboot voller Lustreisenden mit seinen wehenden Flaggen ins Meer hinaussteuert, ist es mir unmöglich, länger dort zu sitzen – ich kehre in die Stadt zurück.

Ich komme auf den Einfall, mich nach ihrer Wohnung zu begeben. Unter dem Vorwande, daß ich einen Auftrag auszurichten habe, lasse ich mir die Schlüssel von dem Wirt geben. Die Fenster in den Zimmern sind alle mit Kreide geweißt, die Gemälde, die Spiegel und die Kronleuchter sind in weiße Schleier gehüllt. Am Riegel auf dem Vorsaal hängt ein vergessener Hut. Das Klavier ist geschlossen. Ich berühre es, und es gibt einen Ton von sich wie ein Schlafender, den man in seiner Ruhe stört. Klopfenden Herzens betrete ich ihr Zimmer. Das Bett ist leer, im Ofen liegt Papier und eine leere Pappschachtel. Auf dem Toilettentisch entdecke ich einen alten, zerrissenen Handschuh. Ich stecke ihn zu mir. Ich sage mir selbst, daß dies töricht und lächerlich ist. Die ganze Welt würde mich auslachen, wenn sie wüßte, daß ich jetzt hier bin. Aber das ist mir einerlei! Ich weiß nur, daß ich sie liebe – wahnsinnig, hoffnungslos.

Ich liege lange auf dem Sofa im Salon. Zuweilen fährt ein Wagen unten auf der Straße, und das ganze Haus erzittert. Dann ist alles still, ich höre nur das Summen der Fliegen.

Sie liebt mich nicht, ich bin ihr völlig gleichgültig. Sie dachte nicht einmal daran, mir Lebewohl zu sagen. Aber obwohl ich dessen so sicher bin, hoffe ich doch noch. Und ich versuche mich noch immer damit zu trösten, daß ich ihr nichts gesagt habe, und daß sie infolgedessen meine Gefühle nicht kennt. Wenn sie sie kennte? Ob ich ihr schreiben soll? Und während ich dort liege, fange ich an, mir einen Brief an sie auszudenken. Ich will ihr meine Gefühle darlegen, ich will sie mit meinen Worten erweichen, will sie in die Tiefe meines Herzens schauen lassen, und sie wird vielleicht weich werden, wird mir vielleicht eine schwache Hoffnung geben.

Nach drei Tagen habe ich den Brief fertig, aber ich kann mich nicht entschließen, ihn abzusenden, ich wage es nicht, alles aufs Spiel zu setzen. Und so schreibe ich denn statt dessen an ihren Bruder und teile ihm mit, daß ich mich entschlossen habe, erst im Herbst ins Ausland zu reisen. Wie ich erwartet habe, ladet er mich zu sich aufs Land ein.

Mich in die bequeme Sofaecke eines Coupés zweiter Klasse zurücklehnend, betrachte ich durch das offene Fenster die grünen Fluren, die frischbelaubten Birken, die pflügenden Landleute auf dem Felde und die Eisenbahnstationen, die gleichsam zum sommerlichen Fest aufgeputzt sind. Einige sind frisch angestrichen und ausgebessert, und im Vorüberfahren schlägt mir ein Geruch von frischer Ölfarbe und Asphalt entgegen. Wenn der Zug hält, erschallt aus dem Walde das Gezwitscher der Buchfinken, und in der Ferne ruft der Kuckuck.

Alle Trostlosigkeit und Verzweiflung ist dahin. Ich bin ganz sicher, daß sie mich lieben wird. Ich fühle in mir selber eine Kraft, der sie nicht wird widerstehen können. »Mit der Kraft meines Geistes«, wiederhole ich mir in Gedanken. Und dann kann ich mich gleichzeitig wieder einigermaßen ruhig in den Gedanken finden, daß sie mich nicht liebt. Die hierdurch entstandene Sicherheit vermehrt meine Zuversicht und stärkt meine Hoffnung. Vor allen Dingen muß ich kühl sein und gegen meine allzu große Reizbarkeit ankämpfen. Ich habe mir einen neuen Sommeranzug machen lassen, in dem meine kurze, untersetzte Gestalt ein wenig proportionierter erscheint.

Aber trotz alledem zittere ich nervös, als ich mich am Nachmittage der ersehnten Station nähere. Als der Zug pfeifend seine Ankunft meldet, zucke ich zusammen. Ich habe telegraphiert, und sie sind alle drei auf dem Bahnhof, um mich abzuholen.

Ich bin ein wenig unbeholfen mit meiner Reisetasche in der Hand. Der Bruder erkundigt sich nach Neuigkeiten aus Paris und ich kann nur verlegen lachen.

Anna ist noch schöner als sonst in ihrer leichten Sommerkleidung. Sie ist barhäuptig, hat aber einen Sonnenschirm, um sich gegen die Sonne zu schützen. Sie und der Bruder gehen voraus, ich komme mit der Mutter hinterdrein. Ich hoffe, daß sie am Kreuzweg auf uns warten werden, aber sie öffnet nur das Heck, das zu dem Wege über die Eisenbahnschienen führt, läßt es offen stehen und sieht sich nicht einmal nach uns um.

»Wir wohnen hier ganz einsam, beinahe wie in einer Wüste«, sagt die Mutter. »Es ist uns sehr angenehm, daß Sie kommen. Wir haben uns alle sehr gefreut, als wir Ihr Telegramm erhielten.«

Daß sie sich *alle* gefreut halten, versetzte mich in gute Laune. Bei dem nächsten Heck wendet Anna sich um und ruft der Mutter eine Frage über die Schlüssel zum Teekasten zu:

»Sie liegen auf dem Tisch im Anrichtezimmer!« muß ich im Namen der Mutter zurückrufen.

Und dies tröstet mich vollkommen. Daß sie vorausging, war also keine Äußerung ihrer Stimmung, wie ich gefürchtet hatte. Sie geht nur voraus, um den Teetisch zu ordnen.

Wir sitzen lange beim Abendbrot. Sie geht geschäftig als Wirtin umher und setzt sich erst, als sie ihren Tee trinken will, auf den Platz mir gerade gegenüber. Die Ellenbogen auf den Tisch gestützt und die Wangen in den Händen, hört sie mich an, obwohl ich jedesmal, wenn sie sich bewegt, glaube, daß sie gehen will. Ich spreche, bin guter Laune und schildere treffend, wie ich selber meine, Helsingfors im Sommer, mein Leben auf dem Lande und die lächerlichen Zustände in den kleinen Städten. Es gelingt mir, sie in dieselbe Stimmung zu versetzen, sie faßt jede feine Nuance auf, und es will mir scheinen, als betrachte sie mich mit einem eigentümlich neugierigen Glanz in ihrem Blick.

»Ja, er kann erzählen«, sagt sie. »Es wird amüsant, seine Berichte zu hören, wenn er aus dem Ausland zurückkommt.«

Wie ich dich grenzenlos liebe! Wenn ich von dort heimkehre, so bereite ich dir ein kleines, schönes Nest. Wie zufrieden und glücklich du sein wirst! Und du kannst es nicht unterlassen, mich wiederzugeben! Von keinem anderen und nirgends kannst du es besser bekommen. Ich bezaubere dich mit der Wärme der Umgebungen, mit der ganzen Zärtlichkeit meiner eigenen Natur, alles soll so behaglich für dich werden, du sollst dich so wohl bei mir fühlen!

Und ich wollte sie nicht berühren, wollte sie nur auf die Stirn küssen. Das Gefühl, mit dem ich sie liebe, ist der reinste Idealismus – so scheint es mir.

Und während ich in der hellen Sommernacht oben in der Bodenkammer, die mir angewiesen ist, wache, überzeuge ich mich mehr und mehr davon, daß dies feine Gefühl, diese fast geistige Liebe mir ein Recht verleiht, sie zu besitzen. Ich, der ich an nichts glaube, bin in dieser Beziehung abergläubisch. Und ich nehme mir vor, ihrer würdig zu werden, indem ich ihr von diesem Tage an treu bin, im Auslande, in Paris, überall. Nach diesem Entschluß fühle ich mich wie ein unschuldiger Jüngling, und es kommt mir vor, als könne ich mit gutem Gewissen versichern, daß ich es bin. Ein reines Leben zu führen, ist mir fortan eine sittliche Pflicht, obwohl ich früher stets die Achseln zu zucken pflegte, wenn man über dergleichen sprach.

Im Laufe des Sommers wiege ich mich in den Traum ein, daß sie wirklich schon die Meine ist, daß sie mich liebt, und daß wir nur nicht miteinander darüber sprechen, wiewohl wir es beide wissen. Ich begreife nicht, daß dies einzig und allein die Folge unserer Umgebung ist. Der Bruder ist ein wenig träge und liegt am liebsten in der Hängematte und liest Romane. Die Mutter hat immer irgend etwas in der Wirtschaft zu tun. Und auf diese Weise werde ich Annas einziger Verkehr, mit dem sie in Ermangelung von etwas Besserem fürlieb nehmen muß.

Den ganzen Sommer bleibe ich bei ihnen. Ich denke nicht mehr an meine Reise, ich denke an nichts mehr als an die Gegenwart, in der ich jetzt lebe und in der ich alles habe, was ich wünsche.

Welche glücklichen Tage! Welch ein in die Wirklichkeit übertragener Traum! Jeden Abend durchlebe ich in der Einsamkeit meines Zimmers noch einmal alles das, was sich am Tage zugetragen hat. Es ist in den Hauptzügen jeden Tag dasselbe, nur mit geringer Abwechslung.

Am Morgen eile ich von meiner Bodenkammer hinab. Gewöhnlich schlafen alle die andern noch; wenn ich die Treppe hinunter und über den Vorsaal gehe, komme ich an ihrer Tür vorüber und lausche. Von da drinnen dringt kein Laut an mein Ohr. Ich öffne die Haustür, und der helle Sonnenschein strömt mir entgegen. Die Veranda ist noch ganz feucht dort, wo sie im Schatten liegt, und auf dem Rasenplatz glitzert der Tau. Ich setze mich in eine Ecke mit dem Rücken nach der Sonne zu, die noch nicht brennt, sondern nur wärmt. Ich habe ein Buch, aber ich lese nicht darin. Da ist das Fenster ihres Zimmers. Nur eine Gardine ist davor gezogen. Ich erblicke einen Stuhl und auf der Rücklehne ihre Kleidertaille. Ich will nicht dahin sehen, aber ich sehe es doch. Die Gardine verhüllt ihr Bett. Aber es ist mir, als könne ich sie schlafen sehen, die eine Hand unter dem Kopf, und die andere schlaff über den Rand des Bettes herabhängend, so daß die Finger fast den Bettvorleger berühren.

Ich gehe an den Strand hinab. Der ganze weite Fjord ist noch spiegelblank. Die Bretter der Brücke schwanken unter meinen Tritten. Ein Fischschwarm huscht dicht an den Rand des steil abfallenden Ufers, kehrt aber bald neugierig wieder zurück. Das Segelboot, das ich in Ordnung gebracht habe, hat sich seit gestern nicht gerührt. Im Boot liegen Angelruten und Zugnetze bereit. Auf der andern Seite der Landzunge ist die Eisenbahnstation. Das weiße Boot des Bahnhofsinspektors glänzt im Sonnenschein am Strande. Ein Güterzug steht dort und wartet. Er hat wohl eine Stunde dort gestanden. Die Rauchsäule aus dem Schornstein der Lokomotive steigt ruhig und langsam in die Höhe. Es gibt nichts Eiliges hier in der Einsamkeit. Endlich ertönt dahinten ein schriller Pfiff, der von den Ufern widerhallt, und der Zug setzt sich keuchend in Bewegung. Als ich wieder nach dem Hause zurückkehre, höre ich noch lange das in der Ferne verklingende Gerassel der Räder.

Sie ist noch nicht aufgestanden. Ich sitze wenigstens noch eine Stunde an meinem früheren Platz in der Ecke der Veranda. Ich tue so, als läse ich, aber ich weiß nicht, was ich lese: Möge sie nur ruhig schlafen, ich habe keine Eile, sie ist dennoch die Meine, den ganzen langen Tag, heute wie gestern.

Endlich vernehme ich leise Schritte aus ihrem Zimmer. Im Fenster wird etwas Weißes sichtbar, das sich hastig zurückzieht. Ein entblößter Arm streckt sich nach der Kleidertaille aus, die über der Stuhllehne hängt, und die Gardine fällt wieder herab.

Ich durchlebe eine schwere, lange, zagende halbe Stunde, die mich eine Ewigkeit dünkt. Vielleicht glaubt sie, daß ich mich hierher gesetzt habe, um zu sehen – ich beruhige mich erst, als ich sie leise eine Melodie summen und dann mit heller Stimme singen höre. Ich stehe auf und gehe auf der Veranda auf und nieder. Ihre Tür öffnet sich, und sie kommt heraus, munter wie ein Vogel. Die Wangen sind gerötet wie bei einem kleinen Kinde, das gerade aus der Wiege genommen ist.

»Guten Morgen!«

»Guten Morgen!«

Sie stellt die Kaffeekanne auf den Tisch in der Veranda: wir lassen uns nicht Zeit, auf die andern zu warten, sondern trinken unsern Kaffee zu zweien. Sie ist meine kleine, junge Frau, wir haben unseren eigenen kleinen Haushalt, wir leben hier, weit abgeschieden von allen anderen, zufrieden und glücklich. Wie gern möchte ich darüber sprechen, wie gern eine kleine Anspielung von dem machen, was meine Gedanken erfüllt: aber ich fürchte, daß der geringste Laut, das entfernteste Geräusch das scheue Reh von meiner Seite jagen wird. In Gegenwart anderer spreche ich ganz ruhig über Liebe und Gefühle. Sobald wir unter vier Augen sind, berühren wir nur alltägliche Dinge.

Wir beraten das Programm des Tages.

Zuerst muß das Netz, das wir gestern abend gestellt haben, nachgesehen werden. Ich schiebe das Boot hinaus, und sie hilft mit den Rudern nach. Sie will rudern, und ich setze mich ans Steuer. Wir gleiten in dem stillen Morgen durch das Rohr dahin, und das Plätschern der Ruder ist deutlich vernehmbar. Das Wasser glitzert auf den Ruderblättern und tröpfelt auf die klare Wasserfläche nieder, sobald sie mit dem Rudern innehält und etwas sagt. Wir sprechen über die Fischerei und wo wir morgen unsere Netze auswerfen wollen. Wir haben bald den Fischgrund und die Laichplätze ausgekundschaftet. Wir werfen die Netze gegenseitig auf unser Glück aus. Sie ist ganz entzückt und jubelt vor Freude, als sie sieht, daß die Netzleine stramm ist – ein Zeichen, daß ich einen großen Fisch herausziehe. Und sie gibt sich den Schein, als sei sie ganz ärgerlich, als der Fisch gerade in dem Augenblick, da ich ihn in das Boot ziehen will, sich loszappelt und in die Tiefe hinabtaucht. Sie schilt mich und sagt, ich sei so ein, – so ein – – aber ich bin glücklich darüber. Sie kommt mir dadurch gleichsam näher, wird vertrauter mit mir. – Und wie geschäftig sie ist, wenn das Netz ausgebreitet wird und sie sich das Recht vorbehält, den Fang herauszunehmen und die in Unordnung geratenen Maschen des Netzes zu entwirren! Ich darf ihr nicht helfen, sie will es alles selber tun, und sie ist so eifrig dabei, mit den bis an die Ellenbogen zurückgestreiften Ärmeln, den aufgeschürzten Röcken. Sie ist so geschäftig, daß sie sich nicht einmal Zeit läßt, das Haar aus der Stirn zu streichen, sondern es mit den Armen hinter das Ohr schiebt. Ich stehe ein wenig entfernt von ihr, rauche eine Zigarette und sage beinahe jedesmal: »Nein, wir sind doch ohne Zweifel die tüchtigsten Fischer auf der Welt«, – was eine stehende Redensart geworden ist.

Des Nachmittags segeln wir häufig. Im Anfang fuhr der Bruder mit, aber er machte sich nicht lange etwas daraus. Trotzdem fragt Anna gewöhnlich der Form halber:

»Willst du heute ein wenig mit uns segeln?«

»Ich habe keine Zeit!«

»Du hast keine Zeit? Darf ich mir die Frage erlauben, welche wichtige Arbeit dich heute am Mitfahren hindert?«

»Ich lese, wie du siehst.«

»Zeige mir, was für ein Buch es ist. – Oblomoff!«

»Du verstehst es nicht, aber es ist die feinste Psychologie, die ich jemals gelesen habe.«

»Das weiß ich, – und du selber bist gerade so ein Oblomoff.«

»Vielleicht hast du mehr recht, als du glaubst.«

»Aber *wir* segeln! Nur gut, daß nicht alle solche Faulenzer sind wie du.«

Auf dergleichen nichtssagende, gewöhnliche Äußerungen von Sympathie lege ich stets ein besonderes Gewicht und suche sie zu meinem Vorteil auszulegen.

Ich sitze am Steuer, und sie gibt acht auf die Schote. Sie sitzt ganz dicht neben mir auf derselben Bank und lauscht meinen Befehlen, die ich mit sicherer, gebieterischer Stimme erteile. Sie hat sich ein blaues, loses Kostüm genäht, und auf dem Kopf hat sie einen kleinen Matrosenhut, dessen seidene Bänder im Winde flattern. Von dem großen, weißen Segel, auf das der blendende Sonnenschein fällt, hebt sich ihr schwarzes Haar und ihr feines Profil ab, das zu betrachten ich nicht ermüde.

Es weht stark. Sie befestigt die Schote nicht am Knopf, sondern behält das Tau in der Hand, bereit, es loszulassen, sobald ein Windstoß kommt. Sie umschließt es kräftig mit den Händen und stützt sich mit den Absätzen gegen den Boden des Bootes. Sie lehnt sich hintenüber, um dem schwankenden Boot Gleichgewicht zu verleihen. Ihre Taille ist nicht in ein Korsett eingezwängt, ihre Hände sind sehnig, und der Spann ihrer Füße ist hoch. Ich beuge mich vornüber, halte die Steuerpinne in der einen Hand und die Leine des Rahsegels in der andern und spähe an ihrem Nacken vorbei und unter dem Segel hindurch nach dem Kurs. Eine Welle nach der andern schäumt heran, das Boot hebt und senkt sich, und Anna, wie sie dort auf ihre Weise sitzt, das Segel und der ganze vordere Teil des Bootes, – das alles wird zu einem Ganzen, zu einem lebenden Wesen, das ich leite und über die blaue Fläche führe nach einer Felseninsel oder einem weißschimmernden Seezeichen dort hinten am Horizont. Zuweilen bricht sich eine hohe Welle an dem Bug des Bootes und spritzt bis in den hinteren Teil des Fahrzeuges. Sie bekommt einen Sprühregen ins Gesicht und über die Schultern. Sie schreit auf und lacht auf einmal, verändert aber ihre Stellung nicht und läßt sich keine Zeit, die Tropfen von ihren Wangen zu trocknen.

Gegen Sonnenuntergang flaut der Wind ab, und mit einer schwachen seitlichen Brise gleiten wir langsam heimwärts. Die Klüverschote ist festgebunden, und leicht, geschmeidig, fast als sei er geschmiert, zerteilt der Bug des Bootes das Wasser, ohne Wellen aufzuwirbeln. Sie hat sich weiter nach vorn gesetzt, an den Fuß des Mastes, den Rücken mir zugewendet, und blickt vor sich hin über die Oberfläche des Fjords, zuweilen die Hand ins Wasser steckend. Sie summt eine Melodie vor sich hin und scheint in ihre eigenen Gedanken versunken zu sein, ganz als sei sie allein. – Wenn ich wüßte, was sie denkt, wenn ich nur ahnen könnte, wie sie über mich denkt! Ist sie nicht ein einziges Mal während dieser unserer gemeinsamen Fahrten auf den Gedanken gekommen, daß sie mich vielleicht liebt, und daß ich sie liebe? Und ich habe das nicht ein einziges Mal in ihren Zügen gelesen, ich kann nicht eine einzige Bewegung, nicht einen einzigen Übergang in der Stimme zu meinem Vorteil auslegen.

Ich werde niedergeschlagen und traurig und kann nicht umhin, Anspielungen auf meine Abreise zu machen. – »Wo mag ich im nächsten Sommer um diese Zeit sein? – Wie mag es hier bei Ihnen aussehen, wenn ich wieder heimkehre?« – Dazu sagte sie nur: »Es ist ja auch wahr, Sie wollen fortreisen! Wie lange gedenken Sie eigentlich wegzubleiben?« – »Mindestens zwei Jahre, ach!« Und das ist alles. Und es spricht sich in ihrer Stimme keine größere Verwunderung aus, als wenn es sich darum handelte, auf ein paar Tage in das nächste Kirchdorf zu fahren. Diese Abendstunden, in denen das Segel nicht mehr schwellt und das Boot sich kaum vom Fleck rührt, sind oft sehr peinlich für mich. Unser Unterhaltungsstoff ist erschöpft, sie scheint sich zu langweilen, sie sehnt sich, an Land zu kommen, obwohl sie es nicht sagt. Das ist gleichsam meine Schuld, ich halte sie in der Gefangenschaft, und das quält mich. Aber ich bemühe mich, unbekümmert auszusehen, als bemerke ich es nicht, als ob wir nicht die geringste Eile hätten. Und wenn das Segel schlaff herabhängt, greife ich zu den Rudern und rudere an den Strand, während sie das Steuer hält.

Wenn wir nicht auf dem Wasser sind, sitzen wir gewöhnlich mit den andern auf der Veranda. Wie alle verliebten Männer, die nicht mehr in der ersten Jugend stehen, bemühe ich mich, aufmerksam zu sein und ihr kleine Gefälligkeiten zu erweisen. Es wird ihr ganz zur Gewohnheit, daß ich ihr stets das Überzeug anhelfe und es später mitsamt dem Regenschirm und den Galoschen in meine Obhut nehme. Ich gleiche einem Waffenträger, dem sein Herr befehlen kann, was er will, ohne ihm auch nur dafür zu danken. Eines Tages sitzen wir nach Tische da draußen. Die Damen nähen. Der Bruder hat sich einen Schaukelstuhl aus dem Salon geholt, und ich bewundere Annas geschickte Bewegungen bei der Arbeit. Sie sucht ihre Schere. – »Ich wollte sie Ihnen gern holen, wenn ich nur wüßte, wo sie ist.« – »Sie liegt auf dem Tische in meinem Zimmer.« Ich stehe auf, um sie zu holen. Da aber sagt die Mutter: »Du bist zu anspruchsvoll, Anna. Du läßt dir zu sehr aufwarten, du, die du so viel jünger bist!« – Und der Bruder fügt hinzu: »In deiner Stelle würde ich nicht so aufmerksam sein, – hol dir deine Schere selber, Anna!« – »Das tue ich auch«, sagt sie und eilt ein wenig beleidigt an mir vorüber, ohne sich um meine Einwendungen zu kümmern.

Der Vorfall wirkte peinlich auf mich, da ich schon im voraus unter dem zwischen uns bestehenden Altersunterschied leide.

Obwohl ich mit der Absicht hierher gekommen bin, ihr meine Liebe zu gestehen, vergeht der ganze Sommer mit der Erwägung, was wohl am besten ist. Am Schlusse derselben bin ich genau so zweifelhaft wie am Anfang.

Eines Sonntags im August, kurz vor unserer Rückkehr in die Stadt, habe ich freilich noch einen etwas glücklicheren Tag, der mir einen schwachen Hoffnungsschimmer gibt.

In einem benachbarten Kirchspiel ist ein Fest veranstaltet, und dorthin fahren wir, Anna und ich. Die andern machten sich nichts daraus. Wir steigen an unserm Ufer auf einen kleinen Dampfer, und die Mutter und der Bruder bleiben zurück. Wir stehen auf dem Deck, ich habe einen Regenmantel über dem Arm und bilde mir ein, daß wir sie verlassen, um gleich Neuvermählten fortzureisen. Ich mache meine eigenen Hoffnungen in Gedanken zur Wirklichkeit. Sie, die dort an meiner Seite steht und mit ihrem roten Sonnenschirm winkt, ist meine junge Frau. Die Hochzeit hat soeben stattgefunden, und wir reisen zum erstenmal zusammen aus der Heimat fort.

Der Tag ist hell und schön, es weht ein warmer, südlicher Wind. Der Dampfer ist mit unbekannten Leuten angefüllt, und wir sitzen die ganze Zeit beieinander. Gegen unsere Gewohnheit fehlt es uns heute nicht an Unterhaltungsstoff, denn wir kritisieren das Publikum und lachen über die mitreisenden Musikanten, die falsch spielen. Man sieht uns von der Seite an, man weiß, daß wir aus der Hauptstadt sind, aber die Herren und Damen scheinen unbefangen und gleichgültig zu sein. Wir haben ein Gesicht, als ständen wir den andern gleichsam gegenüber, und dies erhöht unsere Sicherheit. Sorglos miteinander plaudernd, vielleicht absichtlich, als ob die andern gar nicht existierten, steigen wir bei der Pfarrhofsbrücke ans Land; dort wimmelt es von Studenten in weißen Mützen und Damen in Nationaltrachten. Ich reiche Anna meine Hand, sie springt vom Dampfer herunter, und der flüsternde Zuschauerhaufen öffnet sich uns. Ihre Kleidung ist ja auch ungewöhnlich geschmackvoll und fein im Vergleiche zu denen der andern, ihr Benehmen ist würdevoll und ihr Gang leicht. Ich schwelge in der Aufmerksamkeit, die sie zu erregen scheint. Auf dem Strandwege begegnet uns ein Mann in einer Friesjacke, scheinbar ein Volksschullehrer. Als er Anna erblickt, scheint ihm plötzlich eine Offenbarung aus einer andern Welt aufgegangen zu sein. In seiner Überraschung strauchelt er, bleibt stehen, weicht zur Seite aus und ist nahe daran, in den Graben zu fallen.

Von unserer Promenade nach dem Festplatz habe ich folgendes Bild in meiner Erinnerung: Wir gehen nebeneinander her. Es weht uns frisch entgegen, sie beugt sich ein wenig vornüber, beschützt ihr Antlitz mit dem Sonnenschirm und hält ihren Hut mit der andern Hand fest. An der Brust trägt sie eine Blume, die ich soeben am Rande des Weges gepflückt habe, ihre Röcke flattern, und der Wind preßt sie fest gegen ihre Knie. Mein Herz bebt, ich möchte sie ganz und gar besitzen, aber gleichzeitig empfinde ich einen Schmerz, denn ich weiß ja nicht, ob sie mich liebt. In einer Woche muß ich sie verlassen, und wer weiß, wie nahe der ist, der sie mir vielleicht entreißen wird!

Auf dem Festplatz fangen wir wieder an, unsere Umgebung zu kritisieren. Wir können uns kaum bezwingen, daß wir nicht laut über einen Redner lachen, über eben denselben Volksschullehrer, dem wir vorhin begegneten, und der mit angenommenem Seminaristenpathos über die ersten Grundlagen des Vaterlandes und des Volkes spricht, welches letztere er schließlich ermahnt, sich während des Festes anständig zu benehmen und sich nach Beendigung desselben schleunigst nach Hause zu verfügen, ein jeglicher in seine Heimstatt.

Ein junger Student steht in unserer Nähe, hört unsere Kritik und betrachtet erst uns und dann den Redner bedeutungsvoll, womit er andeuten will, daß er nicht ist wie diese andern, daß er derselben Ansicht ist wie wir und das Lächerliche in dem Ganzen sehr aufzufassen vermag. Einen ungemischten Genuß gewährt uns der Gesang, der von der stutznäsigen, kurzhaarigen, weißgekleideten, mit einer großen, gelben Blume am Hut versehenen Volksschullehrerin des Kirchspiels geleitet wird. Anna gibt ihr den Namen »die Prinzessin«, und zeigt sie mir später während des Tanzes. Der Anblick ist wirklich unübertrefflich. Sie senkt den Kopf lieblich aus die Seite, hüpft wie eine Mücke und glänzt vor Seligkeit und Hitze. Früher würde ich nie das Herz gehabt haben, über so etwas zu lachen, jetzt aber bemühe ich mich, unaufhörlich neue, lächerliche Seiten bei allem zu entdecken.

Wir trennen uns keinen Augenblick voneinander. Wir streifen zusammen über den Festplatz, kaufen uns gegenseitig Lose, genau so, wie wir unsere Netze auf unser gegenseitiges Glück auszuwerfen pflegen. Wir haben ein deutliches Gefühl, daß wir die Helden des Tages sind und daß sich alle die Köpfe zerbrechen, wer wir nur sein mögen. Es scheint mir – und das ist mir ein angenehmer Gedanke –, als ob man uns für ein Brautpaar hält.

Wir sitzen auf einer Wippe. Anna hat eine Tüte mit Bonbons, die ich ihr gekauft habe. Ein kleines Mädchen steht vor uns und hält sich an dem Kleide ihrer Mutter. Beide schauen uns ganz ungeniert an, jeder Bewegung der Hand nach dem Munde folgend.

»Komm einmal her. Kleine, ich will dir Bonbons schenken!«

Die Mutter schiebt das Töchterchen vor und befiehlt ihr, uns die Hand zu geben.

»Wie heißt du?«

»Sag' jetzt schnell, wie du heißt, dann bekommst du Bonbons.«

»Kajsa.«

»Du mußt aber den Finger aus dem Mund nehmen, Kajsa!«

Und dann bekommt sie eine ganze Hand voll Konfekt.

»Kannst du nun auch wohl hübsch ›Danke‹ sagen? Du bist aber doch wirklich –«

Und die Mutter wendete sich selber an Anna, um zu danken.

»Haben Sie schönen Dank, Fräulein – oder sind Sie vielleicht die Frau des Herrn da?«

Ich fühle, wie ich errötete, und werde ganz verlegen, Anna aber lacht herzlich, als sei dies eine ungemein dumme und ganz unmögliche Kombination. Ich fange auch an zu lachen, aber es kommt nicht so recht natürlich heraus.

Erst spät am Abend treten wir unsere Rückfahrt an. Der Salon des Schiffes ist voll von trinkenden Herren, und die Luft dort ist erstickend und qualmig. Es ist bereits ein wenig kühl. Anna hüllt sich in ihren warmen, wollenen Schal, und wir suchen uns einen Platz auf Deck in der Nähe der Maschinenluke, aus der eine angenehme Wärme aufsteigt. Da sehen wir die rötlichen Schatten des Maschinisten und des Heizers jedesmal, wenn die Ofentür geöffnet wird. Die Fahrt dauert mehrere Stunden. Anna ist müde und fängt an, schläfrig zu werden. Jetzt sitzen wir da, ohne ein Wort zu sagen, dicht nebeneinander, des Gedränges wegen. Ich fühle, daß ihr Kopf in meinen Armen ruht. Ich kann ihre Züge nicht so recht unterscheiden. Nur wenn der Schornstein von Zeit zu Zeit einen Strom von Funken auf die andere Seite des Dampfers hinübersendet, sehe ich in ihrem Licht, daß sie die Augen geschlossen hat. Hin und wieder öffnet sie sie, und sie sind so groß und dunkel.

Der Horizont fängt an, sich zu lichten, und die Funken verschwinden. Der silberbleiche Schein des Mondes vom westlichen Himmel spiegelt sich in dem stillen Meer. Das Fahrwasser wird enger, und die hohen, steilen Ufer erheben sich zu beiden Seiten fast unnatürlich groß in dieser eigentümlich gemischten Beleuchtung des Mondes und des in der Ferne dämmernden Tages. Ich wage nicht, mich zu rühren, aus Furcht, sie zu stören. Ich bin jetzt sicher, daß sie mich liebt. Und ich verstehe nicht, die Schlußfolgerung zu ziehen, daß sie, wenn sie mich wirklich liebte, unmöglich so ruhig an meiner Seite schlummern könnte. Erst als der Dampfer pfeift, ehe er an unserem heimischen Strand anlegt, erwacht sie, sie rückt von mir fort und zieht das Tuch fester um ihre Schultern; sie zittert in der Morgenkühle. Sie ist schlechter Laune, springt, ohne meine Hilfe anzunehmen, auf die Landungsbrücke hinab und geht ins Haus hinein, ohne auf mich zu warten.

Die Mutter empfängt uns mit warmem Kaffee. Ich hoffe, daß wir noch ein Weilchen zusammenbleiben und über das Fest reden werden, ich erwarte, daß sie berichten soll, wie fröhlich wir gewesen, wie *uns* niemand kannte, und wie *wir* alle kritisierten. Aber sie scheint es vergessen zu haben.

»Nun, habt ihr einen angenehmen Tag verlebt?« fragt die Mutter.

»Ach ja!« antwortet sie.

Und gähnend, ohne mir auch nur einen einzigen Blick zu gönnen, geht sie auf ihr Zimmer, verschlafen »Gute Nacht« murmelnd.

Es währt lange, bis ich in meinem Bett auf der Bodenkammer, die gerade über ihrem Zimmer liegt, Schlaf finde. Die Sonne ist bereits aufgegangen und scheint durch das geöffnete Fenster. Von der See her ertönt Ruderschlag, und auf der Wiese wird eine Sense gewetzt. Unten im Hofe vernehme ich Schritte, und die Küchentür knarrt. Auf der Sonnenseite des Daches fangen die Sperlinge an zu zwitschern.

Es wird nichts daraus. Sie liebt mich nicht. Ich bin ihr nichts. Ihre Freundlichkeit gestern war ganz zufällig. Ich bin kindisch, daß ich soviel Gewicht auf dergleichen lege. Und ich beschließe, schon am folgenden Tage abzureisen.

Als ich am folgenden Tage meinen Koffer packen will, ist sie wieder freundlich. Sie kommt in mein Zimmer hinauf und hilft mir. Die Hoffnung erwacht von neuem. Ich sage ihr, daß ich sie liebe. Sie läuft davon, fort aus meinen Augen.

Sie liebt mich nicht. Sie hat mich wie einen guten Freund, einen älteren Bruder, fast wie einen Onkel betrachtet.

Wie meine Gegenwart ihr peinlich gewesen sein muß! Denn ich war unvernünftig genug, nicht zu reisen. Ich bleibe und fahre dann mit demselben Zug wie sie und setze mich immer in dasselbe Coupé wie sie. Ich versuche sogar, mich ihr gerade gegenüber zu setzen. Und ich kann es nicht lassen, sie unablässig anzusehen. Sie weiß nicht, wohin sie den Blick wenden soll. Sie versucht zu lesen, zum Fenster hinauszusehen. Schließlich steigt sie auf den Stationen aus und steht auf dem Bahnsteig, bis die Mutter sie wieder hereinruft.

Wie widerwärtig ich ihr gewesen sein muß! Vielleicht ekelt sie sich geradezu vor mir alten Toren?

»Es wird geschlossen!« ertönt die Stimme des Kellners dicht bei meinem Ohr. Ich erwache aus meinen Erinnerungen. Ich habe meinen Grog ausgetrunken, ohne es zu wissen. Ich habe die eine Gasflamme nach der andern auslöschen sehen. Ich entsinne mich dunkel, daß die Gäste aus dem Nebenzimmer durch den Saal gegangen sind. Der kleine, kahlköpfige Herr saß noch vor kurzem in einiger Entfernung von mir mit seiner halben Flasche Wein. Der eine der Senatskanzlisten zog seine Weste herunter, als er ging und glättete seinen Kragen.

Der Kellner steht mit der Serviette überm Arm hinter mir und fängt an, die Gläser wegzuräumen. Ich bin jetzt ganz allein in dem großen Saal. Eine einsame Gasflamme brennt über meinem Kopf und spiegelt sich in dem Spiegel an der entgegensetzten Wand, wo schon alles dunkel ist. Die Tischtücher sind fortgenommen, und von dem Sexatisch ist nur noch ein kahles, unangestrichenes Brett zurückgeblieben.

Ich stehe auf und gehe in den Vorsaal hinaus, wo ebenfalls nur noch eine einzige Gasflamme brennt, die darauf wartet, daß ich gehen soll. Man hilft mir den Überrock an. Ich nehme meinen Hut und fahre mir vor dem Spiegel mit der Bürste übers Haar. Selbst hier in der halben Beleuchtung sehe ich, daß es sich bedenklich lichtet. Bald werde ich kahlköpfig sein. Meine Züge sind bleich und leblos und schlaff, und meine Stirn ist tief gefurcht.

Ja, was soll sie sich wohl aus mir machen? Ich fühle, daß ich am glücklichsten sein würde, wenn sie mit Mitleid und mit Bedauern an mich dächte.

Die ganze, große Restauration liegt da wie ein öder Berg. Aus seinen zahlreichen Höhlen wird auch nicht ein Laut hörbar. An die Korridorwand ist eine schwarze Hand gemalt, und darunter steht mit fetten Buchstaben: Speisesaal.

So reise ich denn also, so reise ich denn also ins Ausland, nach Paris: Freilich hatte ich mir dies ein wenig anders vorgestellt, aber in Wirklichkeit ist das Leben wohl immer so, denke ich, indem ich die Straße hinabgehe. An einer Ecke sehe ich die erleuchtete Uhr des Nikolaikirchturms, die auf zwei zeigt.

Ich beschließe, diese Nacht gar nicht mehr zu Bett zu gehen. Ob ich in der Stadt umherstreifen oder auf den Observationsberg steigen soll? Als ich aber mechanisch den Weg über den Marktplatz einschlage, ist es mir zu unbequem, die Richtung zu verändern, so wandere ich denn an dem Obelisk vorüber, an den Strand hinab, vorbei an dem kaiserlichen Palast, wo ein schwarzer, unförmiger Schiffsrumpf liegt und lange Straßen sich vom Himmel abheben. An der anderen Seite des Hafens spiegelt sich eine Reihe Gaslaternen in dem stillen Wasser. Zwischen der Brücke und der Seite des Fahrzeugs steigt der Rauch auf. Ich stolpere an der Schiffswache vorbei und begebe mich in die Kajüte hinab, wo ich mir im Hintersalon eine Koje reserviert habe.

– Ach, Gott, wie schwer doch das Leben ist!

III.

Am folgenden Morgen befinde ich mich auf dem Asphalttrottoir hinter der Kapelle, die südliche Esplanadenstraße hinabwandernd. Ich habe mich beim Kapitän erkundigt, wann der Dampfer abgeht, und er hat mir, nachdem er zuvor einige Befehle erteilt, über die Achsel zugerufen: »Ungefähr um neun Uhr.«

Jetzt ist es halb acht. Ich gehe am Runebergdenkmal vorüber und biege in die Boulevardstraße ein – es ist derselbe Weg, den ich gestern abend zurücklegte. In der Druckerei des Hauptstadtblattes sind die Maschinen in voller Tätigkeit, und die Papierlappen fliegen umher. Eine Reihe Schulmädchen geht an mir vorüber und biegt um die Ecke, wo der Weg nach der finnischen höheren Töchterschule führt.

Ich frage mich selber, was in aller Welt ich eigentlich hier tue. Und ich muß bekennen, daß ich noch einmal unter ihrem Fenster vorübergehen will. Ich sage mir selber, daß ich verrückt bin. Aber zu gleicher Zeit sagt eine andere Stimme:

»Sei ruhig, mehr als ruhig, wenn du auch verrückt bist.«

Die Läden sind schon geöffnet. Vor mir her fährt ein Lastwagen. Jedesmal, wenn die großen, schweren Räder von einem Pflasterstein auf den andern rollen, geht es mir wie ein schmerzhafter Ruck durch die Nerven. Ich habe schlecht geschlafen, ich bin sehr müde und schleppe die Füße nur mühsam weiter. Die heiße Sonne scheint mir so brennend in mein Antlitz.

Ich biege in die Friedrichstraße ein, und dort erblickte ich ihr Fenster. Das weiße Rouleau ist noch herabgelassen, und die Blumen, die dahinter stehen, zeichnen sich deutlich darauf ab. Sie schläft noch, also kommen sie nicht an den Dampfer.

Wenn sie die Absicht gehabt hätten, zu kommen, so würden sie gestern wohl davon gesagt haben. Und jetzt wird es mir plötzlich klar, weshalb die Stimmung gestern abend so gedrückt war. Die Mutter war ernsthafter als gewöhnlich, und der Bruder war so zerstreut. Anna hatte es natürlich nicht lassen können, darüber zu sprechen, daß sie einen Antrag gehabt habe.

Gerade als ich mich ihrem Fenster gegenüber auf der anderen Seite der Straße befinde, wird die Balkontür geöffnet. Ich erschrecke und fahre zusammen, als werde ich auf böser Tat ertappt. Und ich eile weiter, ohne mich umzuwenden. Soviel habe ich jedoch bemerkt, daß es eine Frauengestalt war, die heraustrat. Erst an der nächsten Straßenecke wage ich es, den Kopf umzuwenden. Ich sehe, daß es das Mädchen ist, das Decken klopft.

Zum erstenmal kommt mir meine Stellung lächerlich vor. Ich bin unbeschreiblich komisch. Ich alter Kerl, daß ich mich gebärde wie ein Schuljunge! Und ich wiederhole mehrmals, indem ich eine Bewegung mit der Hand mache: »Nein, das ist ja eine reine Torheit, das ist ja eine reine Torheit!«

Und über den Kasernenplatz, wo eine Kompagnie Gardisten exerziert und ein junger Leutnant sich brüstet, - ein »einfältiger Narr« scheint er mir - eile ich raschen Schrittes nach dem Dampfer hinab.

Während ich vom Verdeck aus die Vorbereitungen zur Reise, den Hafen und die dort herrschende Bewegung betrachte, überkommt mich plötzlich ein Gefühl, als habe ich das Ganze abgestreift und überwunden. Die Landschaft ist gleichsam reingewaschen nach dem Algen, und mein Inneres hat sich aufgeklärt.

Das Schiff wartet schon ungeduldig auf den Augenblick der Abreise. Es verschlingt wie ein Tier die letzten Bissen seiner Ladung. Die Hafenfuhrleute schleppen, mechanisch Hoiho rufend, verspätete Warenkollis auf das Deck, von wo der knarrende Luftkrahn sie in die dunkle Tiefe des Luftraumes versenkt. Der schwarze Kohlenrauch wälzt sich gleich einer dicken Molke aus dem breiten Schornstein, sich von Zeit zu Zeit vor die Sonne schiebend und einen eigentümlichen, gelben Schatten über den Kai und die Menschen auf demselben werfend.

Der Hafen liegt fast spiegelglatt da, aber in der Ferne, über den Blekholmssund hinweg, sieht man im Sonnenschein kleine Wellen auf dem unbegrenzten Meere glitzern. Zuweilen trägt ein Windhauch die feuchte Salzluft zu uns herüber. Es ist warm. Der Sonnenschein strömt zum Himmel herab, und das Auge wird geblendet von den weißen Wänden der Häuser und dem hoch emporragenden Nikolaikirchturm, der die umherliegenden Gebäude gleichsam krönt.

Auf dem Marktplatz wimmelt es von Käufern und Verkäufern. Hinter ihnen, von hier aus gesehen scheinbar über ihren Köpfen, rasselt ein roter Omnibus, dessen Glocke von Zeit zu Zeit klingelt. Im Hintergrunde wird das dichte Grün der Kapellenesplanade und das kolossale Grönquistsche Haus sichtbar, auf dessen Dach eine Flagge lustig weht. An dem Marktplatz entlang läuft, seine ganze Harmonie störend, eine Reihe neuer, weißer Pfähle, an deren Spitze ein dicker Draht befestigt ist, der von dem Sozietätsgebäude nach der Verkaufshalle läuft.

Ich will dies lichte Bild als Erinnerung an mein Vaterland mitnehmen. Ich zwinge es, sich in mein Gemüt einzuätzen, indem ich die am meisten in die Augen fallenden Züge unzählige Male betrachte. Ich will keine anderen Erinnerungen festhalten als diese eine. Alles übrige muß dahinter verschwinden, soll von diesen lebhaften Farben überdeckt werden.

Der Dampfer stößt langsam vom Kai ab. Schwerfällig wendet der Koloß mit Zuhilfenahme von Seil und Segel seinen Kurs dem Meere zu. Die Blicke des Zurückbleibenden und der Abreisenden begegnen sich, finden und suchen einander, verirren und vereinigen sich wieder. Je mehr das Schiff sich entfernt, desto mehr verschwinden die Umrisse, sie gleiten aneinander vorüber und finden keinen Vereinigungspunkt mehr. Die Taschentücher fangen an zu wehen, sie flammen auf wie Feuer, die zu einem letzten Lebewohl entzündet werden.

Die feinen Züge, das reine Profil und die ringelnde Locke am Ohr stehen plötzlich vor mir. Ich will sie in dieser Schar am Strande suchen, obwohl ich nur zu gut weiß, daß ich sie dort nicht finden werde. Aber ich ziehe die Landschaft vor das lockende Bild, ich will nichts anderes sehen als den Hafen, das Haus und den klaren Himmel.

Ich sehe das alles, und ich sehe die Segelboote und die Jachten, die spielende Furchen in den Wasserspiegel zeichnen. Wütend pfeifen die kleinen Dampfer im Hafen und umschwärmen den Vordersteven unseres Schiffes wie die Fliegen das Maul des unbehilflichen Ochsen.

Und der Ochse bläht seine Nasenlöcher, beschleunigt seine Fahrt und steuert durch den Langörnsund. Die einzelnen Fenster in den Häusern am Strande verschwinden und schmelzen zu drei langen, übereinanderliegenden Streifen zusammen. Der Lärm der Stadt ist nicht mehr vernehmbar, und das schwermütige, kräftige Geräusch der Maschine dringt zum erstenmal an mein Ohr. In voller Fahrt gleiten wir an Sveaborgs Wällen vorüber, von denen uns hohle, schwarze Kanonenluken anstarren.

Wir sind draußen auf dem weiten Meere. Ich gehe in dem sanften Wind auf dem Deck auf und nieder. Helsingfors verschwindet mehr und mehr. Die Heimat versinkt in die See. Finnlands Strand ist ein schmaler Streif, und dann nur noch eine rotbraune Wolke. Jetzt sehe ich nichts mehr als den blauen Himmel und das noch blauere Meer. Hier und da, weit hinten auf den Wellen erglänzt ein weißes Scherensegel, und ich beachte jedes einzelne und suche zu ergründen, ob es auf Helsingfors zusegelt. Vor dem Vordersteven spiegelt sich die Sonne im Meer. Die Wellen zerstückeln, zersplittern den Schein, und dann entsteht dort eine breite Straße aus blendendem Licht.

Ich suche fortwährend etwas Neues in meiner Umgebung, was meinen Blick fesseln kann. Ich halte die Bilder fest, die mein Auge trifft, und ziehe sie wie einen Flor vor die Vergangenheit. Jede neue Aussicht ist gleichsam ein feiner Schleier. Und in dem Schmerz selber ist auch während dieses ersten Tages mein bisheriges Leben mit seinen Erinnerungen verschwunden wie ferne, formlose Schatten, kaum sichtbar durch den Nebel und den Sonnenglanz. Ich kenne sie nicht wieder, es sind nicht meine eigenen Erinnerungen, sie gehören nicht mir. Es sind irgendwelche alte, unklare Bilder.

Ich selber gehe wie in einer Betäubung umher, als träume ich, als wäre ich mir dessen bewußt, ohne aber erwachen zu wollen. Das Meer senkt eine müde, angenehme Ruhe auf mich herab und wiegt mich in schlaffe Gleichgültigkeit ein. Auch nicht ein neuer Gedanke entsteht in mir, und jedes Gefühl schläft in demselben Augenblicke ein, in dem es erwacht. Ich entbehre nichts, hoffe nichts.

Ich treffe mich bald in dieser, bald in jener Situation an. Auf dem Deck in einem bequemen Ruhestuhl ausgestreckt, eine einschläfernde, sinnenumnebelnde Zigarre rauchend. Das Auge sättigt sich an dem weiten Meer, dem wolkenlosen Himmel und den kleinen, plätschernden Wogen, die gegen den Bug des Schiffes schlagen, und von denen sich einige, wenn auch nur aus Versehen, in Schaum kleiden, gleichsam schlafbefangen und ohne die Kraft zu besitzen, das lange, schwere Schiff in die Höhe zu heben. Eine Menge Fahrzeuge sind am Horizont sichtbar. Diejenigen, die sich im Schatten befinden, heben sich wie große, schwarze Schmetterlinge gegen eine weiße Gardine ab. Auf der anderen Seite blitzen die Segel im vollen Licht, man kann ihre Rundung und hin und wieder auch die Rahen erkennen. Von dort gleitet der Blick zu unserem eigenen Fahrzeug zurück, klettert an den Strickleitern zu den Masten hinauf, betrachtet die Taue und Segel, bis der Schornstein einen wolligen Rauch entsendet, der gleich einem schwarzen Schweif hinter dem Dampfer herzieht und sich leicht auf den Wasserspiegel legt.

Ich treffe mich auf dem Deck auf und nieder wandernd an oder in das Kielwasser hinabstarrend, das immer unverändert ist mit denselben Blasen, demselben Schaum und denselben Wellen.

Zuweilen hebt sich ein Streifen Landes aus dem Meere empor, mehr und mehr anwachsend, bis wir in unserer nächsten Nähe ein hohes Festland erblicken. Da sind Kirchen, Städte und Berge, deren Gipfel grünende Wälder bedecken. Auch dort gibt es Menschen, die leben und streben. Ich denke, wie es dort wohl sein mag. – Ein Fischer legt mit seinem Segelboot an der Seite unseres Fahrzeuges an. Wenn ich jetzt in sein Boot spränge, ans Land ruderte und dort bliebe, mitten im Meere auf einer Oase in der Wüste, ohne die geringste Spur zu hinterlassen? Wenn ich mir dort für den Rest meines Lebens eine neue Umgebung schüfe? Es scheint mir, als müßte sich das leicht ausführen lassen. Ich will es dort versuchen, wohin ich reise. Je weiter fort, desto besser.

Aber wir lassen das Land weit hinter uns, es verschwindet und wird vergessen. Ich erblicke wiederum nichts als das Schiff und die Segel am Horizont, die stets dieselben zu sein scheinen.

Die Sonne neigt sich zum Untergang. Gleich einer roten Kugel versinkt sie hinter dem Wasserrand. Sie berührt das Meer und taucht in die Fluten hinab, wie jemand, der Anstalten zum Schwimmen macht und erst die Zehenspitze ins Wasser steckt, dann bis an die Taille hineingeht und schließlich kopfüber in die Tiefe hinabtaucht und verschwindet.

Es dunkelt. Der Gesichtskreis wird begrenzter, und der Horizont rückt uns näher. Die Bläue des Himmels und des Meeres wird grün, und die Nebel steigen auf. Aber durch die Dämmerung schimmern ferne Lichter. Sie zeigen uns den Weg, sie entstrahlen den Leuchttürmen, die teils ununterbrochen scheinen, teils in regelmäßigen Zwischenräumen kommen und gehen. Und dazwischen hindurch sucht sich das Fahrzeug seinen Weg, den Kurs von einem Leuchtturm nach dem andern richtend. Unter dem Deck dröhnt die Maschine, sie scheint sich ihrer Stellung, ihrer Bedeutung wohl bewußt zu sein. Als alle zur Ruhe gegangen sind und nur ich allein noch auf dem Deck wache, ist es mir, als ob das ganze Schiff Leben annähme, als ob das Murmeln des Wassers am Kiel seine eigene, geheimnisvolle Sprache sei, deren Bedeutung es allein so recht versteht, während ich den Sinn nur ahnen kann.

Aber allmählich gewöhnen sich meine Sinne an die Umgebung, der Einfluß des Meeres verliert seine Kraft, und der versperrte Strom früherer Gedanken und früherer Gefühle erschließt sich aufs neue.

Als ich am Morgen des dritten Tages auf das Deck hinaufkomme, halb geblendet vom Sonnenlicht, sehe ich den Kapitän einen Dampfer beobachten, der rechts von mir qualmt und uns zu überholen droht. Dem Steuermann das Fernrohr reichend, sagt er: »Es ist die ›Capella‹.«

Es ist die »Capella«, die im Hafen hinter uns zurückblieb und die Heimat einige Stunden später verlassen sollte. Man meint, daß sie Travemünde kurz vor uns erreichen wird.

Mich über die Brüstung lehnend und mit den Augen das schöne Fahrzeug betrachtend, überkommt mich plötzlich eine Traumphantasie:

Sie befindet sich auf der Reise, sie, Anna, dort auf der »Capella«: Sie ist am Abend abgereist, nachdem ich am Morgen die Heimat verlassen habe. Sie liebt mich dennoch, wie auch ich sie liebe. Als sie mich niedergeschlagen und unglücklich fortgehen sah, wachte sie die ganze Nacht, und der Gedanke an mich wollte ihr nicht aus dem Sinn. Sie gedachte unserer Sommerfahrten, und sie hatte Mitleid mit mir und fühlte, daß sie mich liebte. Am Morgen eilte sie an den Hafen hinab, aber der Dampfer war bereits abgefahren. Sie fand keine Ruhe, ehe sie auf dem Deck der »Capella« stand – auch sie war auf der Reise ins Ausland begriffen. Sie gab Mutter und Bruder auf und folgte mir. Jetzt fährt sie dort, eine Strecke von mir entfernt, und kommt vor mir an, und die erste, die mir auf dem Kai in Lübeck entgegentritt, das ist *sie*. Wir setzen unsere Reise gemeinsam fort, sie ist meine Frau, und wir trennen uns nie mehr. All das andere ist nur ein böser Traum gewesen.

Und als ich erst einmal den Anfang gemacht habe, kann nichts meine Phantasie mehr im Zaum halten. Ich hole sie zu mir auf das Schiff, auf dies Deck, hierher, an meine Seite! Am Tage sitzen wir hier auf dem Hinterdeck im Schatten des Segels. Ich sehe sie so unheimlich deutlich vor mir – die kleinsten Züge, die feinsten Veränderungen in ihrem Ausdruck, ihren Augen – daß mir plötzlich ganz bange vor mir selber wird und ich das Bild mit Gewalt verjagen, mich abwenden und sie mit einer bestimmten, abweisenden Gebärde abschütteln muß. Aber sie ist gleich wieder da. Am Abend, als die Leuchtfeuer angezündet werden und die Laternen auf den Schiffen, die in der Finsternis umherirren, wie rote oder grüne Sterne schimmern, ziehen wir uns in einen der vielen Schlupfwinkel des Schiffes zurück, an den Fuß des Mastes oder an die äußerste Spitze des Vorderdeckes, wir sprechen leise miteinander, sind in denselben warmen Schal gehüllt, ich halte ihre Hand unter meinem Arm, sie drückt ihn zuweilen sanft, und ich antworte auf dieselbe Weise.

Ich lebe mich in dem Grade in meine Phantasiewelt ein, daß das Flimmern der Sterne mich melancholisch macht und der Anblick der dem Schornstein entsprühenden Funken mich bewegt, melancholische Volkslieder vor mich hinzusummen.

Ich weiß sehr wohl, daß dies alles ganz wahnsinnig ist, aber ich habe den Mut nicht, diese Stimmung zu verscheuchen. Ich habe nicht den Mut, mich selber auszulachen.

Voller Mitleid denke ich, daß mir ja nichts anderes übriggeblieben ist. Ich bin ungefähr in derselben Lage wie jemand, der trinkt, um seinen Kummer zu betäuben, und der doch jedesmal, wenn er trinkt, das Bewußtsein hat, daß er es tut, weil er nicht wieder zur Wirklichkeit erwachen will. Er schreit, lärmt und tobt, bemüht, seinen Kummer zu vergessen, aber sobald er das Glas zum Munde führt, erinnert er sich, wenn auch nur dunkel, des Grundes, weshalb er trinkt. Wenn er des Morgens erwacht, quält ihn die Orgie des vergangenen Tages, aber auch die Veranlassung dazu. Denn der Kummer ist nicht verschwunden, er ist im Gegenteil noch schwerer und hoffnungsloser als bisher.

Auch ich erwachte am Morgen gleichsam in einem geistigen Katzenjammer.

Während der letzten Nacht meiner Reise träume ich von ihr – gleichsam als Fortsetzung der Phantasien des Tages. Ich durchlebe nochmals die schönsten Stunden dort auf dem Lande, in denen ich mit ihr fischte und mit ihr segelte. Mein Schlaf ist leicht und unruhig und wird oft unterbrochen, aber ich bohre den Kopf in die Kissen, und es gelingt mir stets, den zerrissenen Faden wieder anzuknüpfen. Aber schließlich wird der Lärm da draußen und das Geräusch auf dem Schiffe zu arg. Ich höre die Signalpfeife ertönen, sie läßt mich nicht schlafen, ihr aufscheuchender, angsteinflößender, schriller Laut tönt mir in den Ohren, erst aus der Ferne, jetzt gerade über meinem Kopf.

Ich sehe, daß wir mitten in einem undurchdringlichen Nebel vor Anker liegen. Wir befinden uns in einem schmalen Fluß, sagt man, aber trotzdem ist es unmöglich, die Ufer zu sehen. Einige Klafter von uns entfernt scheinen die Umrisse eines anderen großen Fahrzeuges durch die Nebel. Ich entziffere den Namen »Capella«, aber das macht nicht mehr denselben Eindruck auf mich wie gestern. Ich zittere vor innerer und äußerer Kälte. Meine Sinne sind leer, von allen Phantasien des gestrigen Tages und allen Träumen der Nacht ist nichts zurückgeblieben als die rauhe Morgenwirklichkeit. Der ganze poetische Duft, auch der falsche Duft von gestern ist verschwunden. Klagend ertönt die Signalpfeife, und in der Ferne im Nebel antworten die andern Schiffe, unheimlich, gefahrahnend, gleich Vögeln, die einander vor einem Raubtier warnen, das ihnen irgendwo auflauert. Das vermehrt meine Verzweiflung und nimmt mir alles, was mir noch an Mut und Widerstandskraft geblieben.

Ich weiß, daß hinter der Nebelwand dahinten, nur wenige Klafter von uns entfernt, die Fremde sich ausdehnt, weit, groß, unbekannt, gefühllos. Ich befinde mich bereits in ihrem Schlund. Ich muß ein neues Leben beginnen, muß mich in neue Verhältnisse umpflanzen, obwohl die Wurzeln noch in der alten Erde haften: Ich wollte, daß das Schiff gleich wieder in die Heimat zurückkehrte!

Diese Schwäche peinigt mich; ich wollte, ich könnte sie überwinden. Aber während der Eisenbahnfahrt wird sie nur immer größer. Dieselbe trostlose Wirklichkeit überall. Ich gleiche einem Span, der vom Winde hin und her getrieben wird. Unendlich klein und unbedeutend. Daheim war ich doch etwas: wenigstens doch ein Rad in der Maschinerie. Hier komme ich mir vor wie ein überzähliger, der jederzeit, ohne vermißt zu werden, am Wegesrande zurückbleiben kann.

Allmählich erschlaffe ich und versinke in eine völlige Gleichgültigkeit, willenlos folgt mein Körper den stoßenden Bewegungen des Zuges. Die Landschaft, Städte und Dörfer fliegen an mir vorüber, erregen aber nicht die geringste Neugier in mir. Sie sind gar nicht da für mich. Ich denke weder an die Vergangenheit noch an die Zukunft. Ich lasse mich wie ein Untersuchungsgefangener von einem Gerichtsort zum andern führen. Und ich erwache während der ganzen Reise nur ein paarmal zu anderen Gefühlen. Das erstemal in Köln, wo ich mit den anderen Reisenden den Dom besichtige.

Aus dem Eisenbahnlärm, dem ohrenzerreißenden Pfeifen der Lokomotive, aus dem Staub des Waggons und dem Sonnenschein, der die müden Augen blendet, sehe ich mich plötzlich in die dämmrige Wölbung versetzt, wo das Licht gedämpft und matt ist, wo die Menschen fromm und vorsichtig auf den Zehen umherschleichen, und wo von irgendeinem unsichtbaren Orte her, ich weiß nicht, ob vom Dache oder von den Wänden, eine stille, schwermütige Musik herabtönt. Zwischen den Pfeilern hindurch erblickt man tiefe Perspektiven, und an deren Ende stehen Altäre mit kleinen, brennenden Lichtern, die einen milden, warmen Schein verbreiten. In einer Seitenkapelle liegt eine schwarzgekleidete, verschleierte, bleiche Frau auf den Knien und schluchzt. Ich gehe auf den Zehenspitzen an ihr vorüber, und sowohl ich als auch die anderen Touristen fühlen, daß wir hier etwas Feines, Heiliges stören. Ich, der ich bisher stets behauptet habe, daß die religiösen Gefühle nichts sind als ein ekstatischer Zustand bei schwachen Naturen, ich schmelze wie Wachs. Ich habe Lust, mich auf die Knie zu werfen und zu beten, und ich wünsche, daß ich glauben, daß ich mich daran halten könnte. Mag der Zug abfahren, mag die Welt ihren Gang gehen, sich weiter abmühen! Ich bleibe hier in dieser stillen Wölbung. Und wie gut verstehe ich jetzt nicht diese Eremiten und Mönche und Nonnen, die, lebensmüde und in ihren Hoffnungen getäuscht, sich in ein Kloster einschlossen und Vergessen in der Einsamkeit der Wüste suchten. Das ist etwas anderes, als Vergessen in der Arbeit suchen und sich in dem Strudel der Welt zu betäuben.

Aber die Menschen kommen und gehen, und jedesmal, wenn die Tür geöffnet wird, dringt das Geräusch der Außenwelt, das Gerassel der Wagen, das Wiehern der Pferde von der nahegelegenen Eisenbahnstation bis zu mir herein. Vor mir geht ein Mann, in dem ich einen meiner Mitpassagiere erkenne; er sieht nach seiner Uhr, und ich eile mit ihm hinaus, besorgt, zu spät zu kommen.

Gleich einem wilden Tier, das aus seinem Käfig ausgebrochen ist, braust der Zug aus Köln heraus. Als der Abend dämmert, nähern wir uns dem Ziel unserer Reise, und ich erwache abermals aus dem Zustand der Betäubung, an den ich mich allmählich gewöhnt habe.

Der Zug hat sich verspätet und will die versäumte Zeit wieder einholen. Er braust mit einer so unheimlichen Fahrt dahin, daß unser Wagen förmlich in die Höhe hüpft. Ich will aufstehen, taumle aber auf meinen Platz zurück. Ein Zug, der uns auf dem anderen Gleise entgegenbraust, reißt mich, so scheint es mir wenigstens, in zwei Teile. Ich stehe im Begriff, zu zerbröckeln, in kleine Stücke zu zerfallen. Ist das nur körperliche Müdigkeit, Mangel an Schlaf und Ruhe? Ich suche es dahin zu erklären und überwinde mich selber. Weshalb kann ich nicht sein wie die andern, die ihre Sachen ruhig zusammenpacken und nichts Besonderes zu empfinden scheinen? Bin ich aus loserem Stoff gemacht oder ist die Arbeit selbst geringer? Was habe ich für Not? Warum in aller Welt bin ich nur so unruhig? – Aber ich bemühe mich vergebens, meine Sinne zu beruhigen. Ja, nun ist es wieder da. Abermals überkommt sie mich, diese grenzenlose, herzzerreißende Sehnsucht nach Liebe, dieser Mangel an Zärtlichkeit, der ein schmerzhaftes Empfinden in jedem Nerv erregt. Und ich habe keine Hoffnung, daß es jemals kommen wird – und ich bin ganz allein. Und deshalb habe ich jetzt ein Gefühl, als stürzte ich meinem Untergang entgegen. Die Fahrt wird immer wilder, ganze Strecken entlang pfeift die Lokomotive, sich nur einen kurzen Augenblick unterbrechend. Aus einem Tunnel heraus und in einen anderen hinein. Brücken, Kurven, kleine Stationen, an denen wir nicht haltmachen. Es scheint, als sei es nicht mehr möglich, den Zug zum Stehen zu bringen, als läge vor uns ein Magnetberg, der das eiserne Fahrzeug an sich söge, das keinem Steuer mehr gehorcht. Je näher man kommt, desto gieriger zieht er uns an. Schließlich erfaßt diese heimliche Kraft das Fahrzeug ganz und gar, alle Nägel fallen heraus, der Rumpf löst sich aus seinen Fugen, und das Schiff zerschellt an der felsigen Seite des schwarzen Wunders.

Plötzlich befinden wir uns unter einer Glaswölbung, die Fahrt läßt nach, und ruhig gleitet der Zug in den Bahnsteig ein. Ich finde mich als Glied in der langen Kette der Menschen wieder, deren eines Ende sich noch auf dem Bahnsteig befindet, während Paris das andere schon in seinem Rachen verschlungen hat.

IV.

»C'est fini, monsieur?«

»Oui, madame.«

»Pas de café, pas de cognac?«

»S'il vous plaît, madame.«

»Vous avez l'air bien triste, monsieur.«

»Non, Madame, au contraire.«

Ich sitze in einem kleinen Restaurant am Boulevard de Clichy und habe soeben mein Diner beendet.

Der Raum ist länglich, und die Ausgangstür führt direkt auf den Boulevard. An der Tür steht ein Zinktisch, hinter dem der Wirt in Hemdsärmeln den Arbeitern und Droschkenkutschern, die kommen und gehen, unablässig kleine Gläser vollschenkt. An den andern Wänden stehen lederne Sofas und davor Marmortische mit eisernen Füßen, an denen sich Fuhrleute in roten Westen niedergelassen haben, kräftige, wettergebräunte Gestalten, die essen oder ein lautes, ununterbrochenes Gespräch bei ihren schwarzen Kaffeegläsern führen. Ihre blanken, lederbezogenen Zylinder hängen an den Riegeln über ihren Köpfen, und dort hängen auch ihre Paletots und Regenröcke. In einer Ecke ragt ein Bündel langer, dünner Peitschen auf.

Jedesmal, wenn sich die Tür öffnet und ein Kutscher, der die ganze Türöffnung einnimmt, hereintritt, bringt er eine Menge Boulevardlärm mit herein, dieses nimmer aufhörende Gebrause einer großen Stadt, die gellen Rufe der Straßenverkäufer, die Hufschläge der Pferde auf das Holzpflaster, das Knallen der Peitschen und den Ton aus den Hörnern der vorüberfahrenden Pferdebahnen.

Es ist ganz eigentümlich, wenn ich bedenke, daß ich jetzt hier sitze und dies alles höre und sehe, und daß dies alles neben mir und um mich herum lebt und vor sich geht. Ich? Ja, freilich, ich, der ich durch die Luft flog und ganz zufällig in dieser Ecke von Paris niederfiel und hier blieb.

Ich befinde mich in diesem Augenblick sogar sehr gut. Ich habe vollständige Ruhe, niemand stört mich oder redet mich an. Die fremden Gesichter der neuen Umgebungen, das ununterbrochene Gesumme der fremden Sprache – das alles hält mich doch so sehr in Atem, daß die Gedanken keine Zeit haben, vollständig zu erstarren. Ich bringe gewöhnlich zwei bis drei Stunden hier zu, meinen Kaffee und meinen Kognak schlürfend, langsam meine Zigarette rauchend und eine Zeitung lesend, um die Zeit totzuschlagen.

Aber sobald ich auf den Boulevard hinauskomme, wo sich ein ununterbrochener Strom von Menschen bewegt, wo frohe, melodische Frauenstimmen an mein Ohr dringen, und wo eine Kutsche nach der anderen in unaufhaltsamer Reihenfolge dahinrollt, im Schein der Gasflammen glänzend und mit den brennenden Wagenlaternen, die wie schimmernde Perlen auf einem rinnenden Flusse aussehen, da bemächtigt sich des Gemüts abermals dieser alte, ewige Kummer, der jeden Tag um dieselbe Zeit und an demselben Fleck wiederkehrt. Ich habe nicht einen einzigen Bekannten, zu dem ich gehen könnte, ich habe keine Lust, in meine Wohnung zurückzukehren, wo es noch einsamer ist, und da lande ich denn, gleichgültig vorwärts wandernd, in dem gewöhnlichen Café.

Dort verbringe ich einige Stunden, indem ich die Zeitungen durchblättere, den Billardspielern zuschaue und einen Brief schreibe.

Diesmal bin ich mit einem langen Brief an Annas Bruder beschäftigt, und ich habe bereits mehrere Seiten geschrieben.

Wir beide haben gemeinsam viele Stimmungen und viele Gefühle durchlebt. Wir kennen die geringsten Wandlungen in unseren Charakteren. Der eine hat die Liebesgeschichten des anderen mit durchgemacht, und wir haben uns gegenseitig bei unseren Abenteuern geholfen. Wenn dann so etwas vorüber war, hatten wir die Schlußrechnung gezogen und den Gewinst geteilt, d. h. unsere psychologischen Bemerkungen und Erfahrungen. Bis ins geringste Detail suchten wir das Seelenphänomen in uns zu erforschen und bauten mit dessen Hilfe ein psychologisches System für die Liebe und das Leben überhaupt auf.

Ich schrieb ihm jetzt, um ihm eine kurze Schilderung meines Zustandes seit der Trennung zu geben. Vielleicht hatte ich auch noch einen anderen Grund zu meinem Schreiben. Wenn ich durchlas, was ich während der vorhergehenden Abende geschrieben hatte, erschien es mir, als sei es darauf berechnet, von anderen als von ihm allein gelesen zu werden.

»Ich hätte nie im Leben geglaubt, daß das Ausland den Eindruck auf mich machen würde, den es mir gemacht hat. Ganz anders hatte ich mir die Reise hierher, diese Stadt und mein Leben in derselben vorgestellt. Oder richtiger, ich hatte geglaubt, selber anders zu sein. Denn alles ist ja so, wie unsere Stimmung es macht.

Das Verhältnis zu dem anderen Geschlecht bestimmt, wie sich unsere Umgebung in unseren Augen ausnimmt. Selbst in den Zeiten, wo eine Art Waffenstillstand eingetreten ist, ein Interregnum in der Liebe, wo wir nicht unmittelbar unter ihrem Einfluß stehen, selbst da lenkt sie uns durch die Erinnerung an vergangene Ereignisse oder Hoffnungen für die Zukunft. Du entsinnst Dich wohl, wie in vergangenen Tagen, als wir noch glücklich, sorglos und sicher waren, wir uns trotzdem darauf ertappen konnten, daß wir in die Weite hinausstarrten, und daß dann der eine oder der andere einem plötzlich erwachten Gedanken Worte verlieh: ›Jetzt fehlt uns nichts mehr als ein Mädchen, in dessen Gesellschaft man diese herrliche Landschaft genießen könnte!‹ Und dann konnten wir beide in Gedanken versinken und lange schweigend dasitzen und unklaren, melancholischen Phantasien nachhängen. Wenn eine Frau auf diese Weise aus weiter Entfernung wirkt, um wieviel mehr muß das nicht der Fall sein, wenn man sich mit ihr verlobt hat! Da verleiht sie allem, was wir anschauen und worin wir leben, seine eigene Färbung. Für mich wenigstens gibt es keinen Zug, keinen Menschen, an dem nicht irgend etwas von der Frau hängt, die damals den Inhalt meines Lebens ausmachte. Wenn ich dieselben Menschen wiedersehe, sind sie mir sympathisch oder unsympathisch, erregen Freude oder Kummer in mir, je nachdem meine Gefühle waren, als ich sie das erstemal gesehen. Durch sich selbst und um ihrer selbst willen haben äußere Verhältnisse niemals Eindrücke auf mich gemacht, sondern nur in ihrer Eigenschaft als Zeugen der Freuden und Sorgen meines Herzens. So ist es bisher gewesen, und so ist es vielleicht in erhöhtem Grade jetzt. Der Eindruck, den das Ausland auf mich macht, ist nicht ein Produkt meiner eigenen, zufälligen

Stimmung. Ich glaube, es wird Dich interessieren, wenn ich Dir das an einigen Einzelheiten erkläre.

Obwohl wir nicht darüber gesprochen haben, wirst Du sicher wissen, in welchem Gemütszustand ich die Heimat verließ. Anna hat es Dir wohl erzählt. An und für sich liegt ja nichts Neues darin, daß ein Mann von meinem Alter sich in ein junges Mädchen von dem ihrigen verliebt. Aber ich wußte nicht im voraus, wozu sich diese meine Gefühle gestalten würden. Es sieht so aus, als wenn meine Gefühle, jetzt, wo ich ein gewisses Alter erreicht und alle Entwicklungsstadien durchgemacht habe, ihren Kreislauf aufs neue beginnen sollten, gleich dem Saft gewisser Bäume, die während eines langanhaltenden Herbstes gleichsam aus Versehen zweimal blühen. Während des letzten Sommers wallten in mir alle die scheuen, kindlichen Gefühle wieder auf, die ich abgestreift zu haben glaubte, als ich zum erstenmal verliebt gewesen war. Dies kleine Mädchen, das ich beinahe auf dem Schoß gehabt und auf meinen Armen getragen habe, und das ich bisher wie ein Kind behandelt hatte, – in ihrer Nähe war ich verschämt wie ein Schulknabe, der zum erstenmal vor seinem Ideal steht. Ich verliebte mich in sie, als wäre sie meine erste Liebe gewesen.

Ich glaubte, ich könnte meine Liebe abstreifen und sie in der Heimat zurücklassen, wie ich alles andere zurückließ. Aber sie kam mit, sie begleitete mich auf meiner Reise, und während der ersten Wochen meines Hierseins war ich vollkommen in ihrer Gewalt, wie Du bald sehen wirst. Ich versuchte dagegen zu kämpfen, weil sie mich so unsagbar peinigte, und die Luft des Auslandes trug mit ihren neuen Eindrücken auch das ihre dazu bei, meine Vergangenheit verdunsten zu lassen. Aber meine Gefühle setzten sich zur Wehr, und die Vergangenheit wollte nicht verdunsten. Deswegen ist fast jeder Ort, den ich besucht, jede neue Straße, die ich durchwandert, jedes Café, in dem ich gesessen habe, eine Erinnerung an diesen Kampf.

Wahrscheinlich ist es auch eine Folge dieses inneren Streites, daß ich alle diese Plätze so klar und scharf vor mir sehe, sie haben sich auch in mein Gemüt abgedrückt wie ein scharfes, neues Klischee auf ein weißes Stück Papier. Jedesmal, wenn sich ein neues, frisches Bild in meine Gedanken drängt, und durch seine Neuheit meine ganze Aufmerksamkeit in Anspruch nimmt, glaube ich die Vergangenheit glücklich überwunden zu haben. Wenn sich dann aber die Stimmung plötzlich verändert, wenn das Licht aus einer anderen Richtung fällt und das Bild sich dem Tage zuwendet, so entdecke ich irgendwo auf dem Grunde ein klares Wasserzeichen, das durch alles andere hindurchschimmert. Das kann nicht verschwinden, kann nicht verblassen, nicht verfälscht werden. Es zeigt *ihre* Konturen, ein schönes, feines Profil und eine sich ringelnde Locke am Ohr. –

Wenn ich des Morgens meine Wohnung verlasse und die Straße hinabwandere, die zum Boulevard führt, so kann ich nicht umhin, mich für einen Augenblick von dem Leben um mich her angeregt zu fühlen. Die Kleinhändler haben ihre Warentische auf den Trottoirs aufgeschlagen, und zwischen den hohen Steinmauern sind Früchte und frische, eben angekommene Gemüse aufgestapelt gleich dem Schaum des Gießbaches, der zwischen engen Felswänden dahinbraust. Die Verkäufer schreien aus vollem Halse, und an ihnen vorüber strömen die Käufer, meistens Frauen im Morgenkostüm, barhäuptig, ein kleines Tuch über den Schultern. Auf der Schwelle seiner Tür steht der Schlächter mit seiner weißen Schürze, und im Fenster des Bäckers erblickt man einen ganzen Stapel prächtigen Weizenbrotes, lang und dick wie ein Scheit Birkenholz. Daneben schimmert durch das Fenster ein kleiner Zinktisch, und vor demselben steht eine Schar in Blusen gekleideter Männer, eine Reihe kleiner Gläser vor sich, aus welchen sie stehenden Fußes ihren gelblichgrünen Absinth trinken. Ein Haufen Schulknaben in Uniform, die Bücher unterm Arm, rufen und schreien um die Wette mit dem Kutscher eines großen Frachtwagens, dessen Pferde mit den Hufen Funken aus dem Pflaster schlagen und sich vergebens bemühen, die schwere Last in Bewegung zu setzen. Fast jeden Morgen begegnet mir ein blinder Greis, der, eine Büchse in der Hand, auf Almosen wartet und die Vorübergehenden mit erloschenen Augen anstarrt. Vor dem Fenster des Papierhändlers stehen stets Leute, welche die Witzblätter betrachten. Die Straße endet in einem kleinen Markt, auf dessen Mitte eine Statue steht, und auf dessen einer Seite eine lange Reihe von Droschken mit ihren glänzenden, schwarzen Verdecken hält. Die Hörner der Pferdebahn ertönen, und der mit zwei weißen Pferden bespannte Wagen drängt sich durch die Straßenmündung. Er ist auf dem Wege nach der Ausstellung; ich eile auf ihn zu, um noch einen Platz zu erhaschen.

Während wir uns vorwärts bewegen, sehe ich durch das Fenster eine Pariser Ansicht nach der andern an mir vorüberfliegen. Cafés, in deren Fenstern und großen Wandspiegeln die Straße mit den Menschen, die Pferdebahn und das Treiben des Boulevards sich abspiegelt. Wände, mit Riesenbuchstaben bedeckt. Bunte Zeitungskioske. Die Pferdebahnhaltestelle, wo ein schwarzer Haufe von Menschen wartet, die alle mitwollen. Der ernsthafte Schutzmann, der an der Ecke auf Wache steht. Ein neuer, offener Platz und in dessen Mitte ein Springbrunnen. Plötzlich ein neuer Boulevard, schwarz von Menschen und Fuhrwerken, die in einer fernen Perspektive rasseln und verschwinden. Und überall diese gewaltigen steinernen Häuser, gleich in einen Berg gehauenen Tempeln emporragend, einfach und ehrfurchtgebietend, mit eisernen Balkons geschmückt, einer graugekleideten Frau ähnelnd, die einen durchbrochenen Schleier um die Achseln trägt.

Mir gerade gegenüber sitzt eine Pariserin, graziös und gemächlich. Sie ist wie ein Spielzeug, das aus der Hand des Schöpfers hervorgegangen und mit seinem schärfsten Messer geschnitten ist; das Material ist von seinem saftigsten, frischesten Holz genommen. Neben ihr sitzt ein älterer Herr, das Band der Ehrenlegion im Knopfloch und einen glänzenden Zylinder auf dem Kopf. Wie geschickt sie sich durch den schmalen Gang bewegt, an den Knien der anderen vorüber. Sie erscheint mir wie ein Vogel, der durch das Laubwerk schlüpft, ohne auch nur eine Feder in Unordnung zu bringen. Ich machte ihr Platz, indem ich meine Füße zurückziehe, und als Dank dafür ertönt von ihren Lippen ein leises »*pardon*«. Sie hüpft auf die Straße hinab, steigt auf das Asphalttrottoir, spannt ihren Sonnenschirm auf und steckt ihre behandschuhte Hand unter den Arm ihres Mannes.

Und mehr bedarf es nicht. Wie mit einem Schlage steht alles vor meiner Seele, ich werde trübe und traurig gestimmt. Und so geht es fast jeden Tag infolge irgendeiner Veranlassung.

Die Ausstellung macht immer wieder einen großartigen Eindruck auf mich, sobald ich von den Trocadero-Kolonnaden das Marsfeld überschaue. In der Mitte erhebt sich der Eiffelturm wie eine Wüstentanne mit einem Büschel an der Spitze, im Sonnenschein glänzen die vergoldeten Kuppeln der Ausstellungsgebäude, von jubelnd aufwärtsstrebenden Statuen gekrönt. Unwillkürlich fängt das Blut an, schneller durch die Adern zu fließen, wenn man auf die eiserne Brücke herabkommt, unter der die Seine dahinfließt, und durch deren Brückenbogen kleine Dampfboote voller Menschen gleich Schwalben hindurchgleiten. Und als ich mich unter dem Eiffelturm, zwischen den Beinen dieses eisernen Riesen befinde, habe ich in dem Augenblick keinen Gedanken für etwas anderes, als zu sehen und zu bewundern. Wenn ich dann später in den Straßen und Gängen dieser Wunderstadt umherwandere, von Palast zu Palast, deren Giebel vollständige Kunstwerke, deren Tore Skulpturen, deren Wände Gemälde sind, während die Kostbarkeiten aller Erdteile die Räume anfüllen, so löse ich mich vollständig los von meinem eigenen Ich und kann kaum glauben, daß ich es bin, der hier umherwandert, den ein jeder Schritt in einen neuen Weltteil versetzt. Oder wenn ich mich in der Maschinenhalle befinde, unter deren himmelhohem Glasdach man sich wie in einer Schmiede befindet, wo alle Arme des Jahrhunderts sich spannen, wo alle diese Hämmer pochen, wo uns Dampf, Gas und Elektrizität umströmen, da werde ich ganz verwirrt, ganz betäubt von diesem Getöse, das gleichsam unter der Erde entsteht, mich durchdringt und jede Ader in mir elektrisiert. Eine eigentümliche Unruhe bemächtigt sich des Körpers, als ob in jedem Nerv ein elektrischer Funke säße. Wenn dann bei Hereinbruch des Abends die beleuchteten Springbrunnen ihre Farbensinfonien zu spielen beginnen und der ganze Eiffelturm zu einer einzigen roten Feuersäule wird, so ergreift auch mich der allgemeine Jubel, und ich stimme mit ein in die Hurrarufe, die vor diesem Opferaltar erschallen, der angezündet zu sein scheint, um den Göttern zu trotzen und die Kraft der Menschen zu verherrlichen.

Aber dann brauche ich nur in einer etwas entlegenen Ecke eines der vielen Cafés an einem einsamen, kleinen Tisch zu stranden. Das Getöse von dem Zentrum des Ausstellungsplatzes dringt nur schwach bis hierher, und das Licht, das ihm entströmt, liegt gleich einem leuchtenden Nebel über den Baumwipfeln. Hier ist freilich auch illuminiert, an den Zweigen der Bäume wachsen runde, rote Laternen gleich großen Kirschen, und von Zeit zu Zeit werden bengalische Flammen in den Büschen abgebrannt, bald einen gelben, bald einen blauen Schein über das Laubwerk, über die Wände des Pavillons und über die Menschen werfend, die auf den grünen Rasenplätzen lustwandeln. Es liegt etwas Ländliches über dem Ganzen, etwas, das an die Volksfeste daheim erinnert. Und Melancholie und Mißstimmung steigen in mir auf, und mein Gemütszustand ist wieder ganz der alte. Ich habe alles satt, was ich gesehen, und es hat alles keinen Wert mehr für mich. Dieser Turm ist ein unnützes Gaukelbild, das von dem Streben der Menschen zeugt, und alle diese Einrichtungen sind Spielzeuge für große Kinder. Diese Zehntausende von Menschen, die an den leuchtenden Fontänen um Stühle kämpfen, sind alle miteinander Narren. Ich betrachte ihren Enthusiasmus ungefähr von demselben Standpunkt, von dem aus die Pietisten alle weltlichen Vergnügungen beurteilen. Alles ist vergänglich, nach wenigen Monaten ist von all diesem nichts mehr übrig als ein grinsender Steinhaufen. Und deswegen hat man die ganze Welt in Bewegung gesetzt! Die Gegenwart ist Humbug, nichts als Humbug! - Aber ich fühle, daß mein Urteil ganz anders ausfallen würde, wenn *sie* hier wäre, wenn ich sie überall hinführen könnte, wenn wir gemeinsam alles beschauen könnten: Da wollte ich genießen, bewundern, mich begeistern!

Einmal kam ich in der Ausstellung zu einer ungarischen Restauration, wo ein Streichorchester spielt und wo echter Steppenwein geschenkt wird. In der Musik ist Glut und südländische Sonne und im Wein ein Geschmack von unverfälschten Trauben. Die Musikanten tragen Nationalkostüme, es sind schwarzäugige Männer mit dicken, aufwärts gestrichenen Schnurrbärten. Der Dirigent spielt mit und steht, während er spielt. Die Töne, die sein Bogen dem Instrument entlockt, steigen und fallen leidenschaftlich, er biegt den Körper zurück, und die Perlen an seinem Gewande flimmern. Seine Augen glänzen in dem elektrischen Licht, und scherzend wirft er bald dieser, bald jener Dame, die in seiner Nähe sitzt, herausfordernde Blicke zu. Man wirft ihm Blumen auf die Estrade; das Publikum folgt seinem Spiel und vertieft sich in die Gefühle, denen die Violinen Ausdruck verleihen.

Hier und da streckt sich eine Hand aus, ein Kopf und ein Fuß wiegen sich im Takt mit der Musik. Auch ich begeistere mich, mir wird leicht und froh ums Herz. Aber plötzlich verstummen die Violinen, und die Musik hört auf. Nur vom andern Ende des Saales ertönt das Geklirr von Münzen, die der Kellner einem der Gäste in die Hand fallen läßt. Der Bogen des Dirigenten hat mitten im Spiel innegehalten, die Spitze ist hoch erhoben, und die Hand berührt das Ohr. Und als er sie langsam, kaum sichtbar, herabgleiten läßt, da hat der Ton der Violine sich verändert. Er ist tieftraurig geworden; erst klagt er, dann weint er, gleich einem vergessenen Sehnen, das jetzt wieder in der Erinnerung erwacht ist. Seine Züge sind ernsthaft geworden, sein Blick schweift jetzt über die Köpfe der Menge hinweg, an einer Linie entlang, die vielleicht bis zu der Laterne dort über der Tür führt, die mir aber weithinaus zu schweben scheint, über die weite Steppe nach einem fernen Horizont, hinter dem die Abendsonne seines eigenen Landes untergeht.

Weit, weit weg, dort in der Ferne liegt auch meines melancholischen Vaterlandes Horizont, der Nordwind legt sich zur Ruh, die Wellen plätschern gegen die Seiten des Bootes, das Segel hängt schlaff herab, und Anna sitzt im Vordersteven, den Rücken mir zugewandt, leise eine Melodie vor sich hinsummend.

Hier hörte ich gestern auf. Ich will nicht mehr über die stets einförmigen Wandlungen meiner Stimmungen reden. Wenn man eine Welle gesehen hat, kennt man die folgende. Bald spiegeln sie das tiefe Blau des Himmels wider, bald sind ihre Kämme von weißem Schaum gekrönt. Sie schwellen eine Weile an, lassen dann nach, wenn der Wind sich legt, und begeben sich schließlich ganz zur Ruhe.

Ich glaube, ja, ich bin ganz sicher, daß der Wogenschwall meines Herzens sich bald zur Ruhe legen wird. Ich habe angefangen, in der Bibliothek zu arbeiten, und habe nicht mehr so viel Zeit, mich selber zu beobachten, wie im Anfang. Und dazu kommt, daß die Umgebung, dieser Pariser Himmel sich tiefer in meine Sinne einprägt, neue Wünsche, neues Sehnen mit sich bringend. Wenn ich zum Beispiel des Abends an den großen Boulevards entlang wandere, wo alle Welt so sorglos durcheinanderströmt, heiter und leichtsinnig, als sei das ganze Leben ein Spiel, so bekomme auch ich Lust, mich den anderen zuzugesellen. Was sollte mich auch im Grunde hindern, so einen der leichten, flatternden Straßenschmetterlinge unter den Arm zu nehmen, die in Samt und Seide strotzen und mit einer fast unschuldigen Miene den Kopf in den Nacken werfen und alle Vorurteile der Welt verlachen: Sollte nicht ein solches Wesen imstande sein, mich die Vergangenheit vergessen zu machen, alle die alten Wunden zu heilen? Sollte es nicht das Wasserzeichen verdunkeln können, indem es selber an seine Stelle träte? Weshalb lasse ich mich nicht von demselben Wirbel mit fortreißen? Weshalb setze ich mich nicht in eines dieser Cafés, wo sich die schwarzen Zylinderhüte der Herren und die hellen Kleider der Damen miteinander vermischen?

So denke ich, aber trotzdem stehe ich da und bleibe ganz der alte, der ich immer gewesen. Ich mache nicht die geringste Abweichung, sondern wandere stets dieselben Straßen heimwärts, und ich freue mich, daß ich es getan habe.

Als ich den Brief in das Kuvert steckte, hatte ich ein Gefühl, daß was ich über das baldige Ende meiner Liebe gesagt hatte, nicht ganz wahr sei. Während die Feder über das Papier glitt, war es mir freilich selber so vorgekommen, aber diesen Gedanken kreuzte ein anderer. Ich glaubte, es sei nur eine zufällige Stimmung, die jeden, Augenblick mit einer anderen vertauscht werden könne. Und das geschah auch so bald, daß ich schon im selben Augenblick die Hoffnung faßte, daß aus meinem Brief gerade das hervorgehen würde, was ich hatte verbergen wollen. Wenn Annas Bruder den Brief liest, wird er zweifelsohne zu seiner Mutter sagen: »Man sieht deutlich, daß er noch nicht frei ist, daß er sie noch immer liebt.« Was aber wird Anna sagen? Natürlich wird der Bruder es so einrichten, daß sie den Brief liest. Und wenn sie ihn liest, welchen Eindruck wird er auf sie machen?

Als ich über dies alles nachdachte, begann die Hoffnung wieder in mir zu keimen. Gleich den Strahlen einer aufgehenden Sonne schien mir die eine Möglichkeit nach der anderen am Horizont zu erglühen, und ich fing an, mir einzubilden, daß mein Brief möglicherweise noch alles würde verändern können. Wenn ich mir die Sache recht überlegte, mußte ich zu dem Resultat kommen, daß ja Anna die wirkliche Tiefe meiner Gefühle noch nicht kannte. Das Ganze war so plötzlich über sie gekommen. Ich hatte ja nicht einmal ernsthaft und ruhig mit ihr gesprochen. Nach meiner Abreise hatte sie vielleicht angefangen zu grübeln, meiner mit wärmeren Gefühlen zu gedenken. Mit der ganzen Erbärmlichkeit eines Verliebten ließ ich sogar ihr Mitleid nicht aus meiner Berechnung und – das konnte ich mir nicht verhehlen, – den Einfluß der Mutter und des Bruders. Hauptsächlich aber vertraute ich auf meinen Brief. Sie sollte daraus ersehen, wie bodenlos tief meine Liebe war, wie ich litt, wie unglücklich ich mich fühlte.

Mit ganz eigenartigen Empfindungen betrachtete ich den Brief, der dort vor mir auf dem Tische lag. Das Kuvert war von feinstem französischen Papier. Es schien mir zu leben, es glich einem bleichen, samtbeschwingten Schmetterling, der sich unbeweglich auf einem Blatte festgesetzt hat. Er bebt nicht einmal, aber sobald du dich näherst, fliegt er auf.

Ich kann es nicht übers Herz bringen, den Brief in die Tasche zu stecken, wo er zerknittert werden könnte. Ich lasse ihn vor mir liegen, bis ich mein Bier getrunken habe und meine Zigarette dazu geraucht habe. Im Nebenzimmer knallen die Billardkugeln. Die Kassiererin klirrt hinter dem Schenktisch mit dem Silber. In den Wandspiegeln schimmert eine lange Reihe von Gasflammen. Draußen auf dem Boulevard, an den Glastüren vorüber, eilen unaufhörlich Spaziergänger, Wagen und Pferde.

Ich gehe hinaus. Vorsichtig halte ich den Brief in meiner Hand, und als ich ihn auf den Boden des Briefkastens fallen höre, zucke ich zusammen. Dann gehe ich langsam auf dem Asphalttrottoir nach Hause. Alle Cafés erstrahlen in hellem Lichterglanz, aus den Konzertlokalen tönt Musik und Gesang. Durch die geöffneten Türen und den blauen Tabaksqualm erblicke ich im Hintergrunde des Saales tanzende Damen in durchsichtigen Florgewändern. Ich beschleunige meinen Gang und sehe gerade vor mich hin, um den mir auf jeden Schritt begegnenden Frauen auszuweichen.

»*Monsieur! dites donc, monsieur! Voulez-vous, monsieur?*«

Ich schüttle sie unsanft von meinem Rockärmel ab und biege in meine eigene Straße ein. Dort ist es friedlich und still. Die Läden sind geschlossen, und nur noch der Kastanienverkäufer an der Straßenecke röstet seine Ware auf der knatternden Pfanne. Und vor mir her wandelt, mit seiner Laterne am Boden suchend, der »*Chiffonier*«, der Lumpensammler, dieser nächtliche Schakal von Paris, der alles, was andere in den Rinnsteinen hinterlassen haben, in den Kehrichtkorb auf seinem Rücken wirft.

Ich schelle, rufe dem Türhüter meinen Namen zu und klettere nach meinem kleinen Zimmer im sechsten Stockwerk hinauf. Ich schließe mein Fenster und suche mit dem Blick die Finsternis zu durchdringen. Ganz Paris liegt dort vor mir in die Dämmerung der Nacht gehüllt. Ich kann es jetzt nicht sehen, aber an dem Schein des elektrischen Lichts auf den Boulevards und an den in ungleicher Entfernung schimmernden Lichtern kann ich die Größe der Stadt ahnen. In meiner nächsten Umgebung ist nicht das geringste Geräusch zu vernehmen. Aber dort weiterhin ertönt eine ununterbrochene, warnende Stimme, gleichsam aus einem fernen Wasserfall aufsteigend, dessen Gebrause beim Herannahen des Abends durch die Tiefe der Wälder bis zu den auf den Höhen gelegenen Dörfern dringt. Es siedet, es kracht, es brüllt und wimmert, als wenn dort irgend etwas von einem unaufhörlichen Schmerz gemartert würde. Ich höre diese Töne jeden Abend, ich kann nicht erklären, woher sie stammen. Einige freilich glaube ich wiedererkennen zu können. Das ist der Zug, der bei seiner Ankunft auf der nächsten Station pfeift. Das sind Menschenstimmen. Dort singt jemand!

Lange, lange weit nach Mitternacht hinaus, liege ich noch wach. Ich vergesse, wo ich mich befinde, und bilde mir ein, daß ich daheim bin, in meines Vaters Haus, in der alten Giebelstube auf dem hohen Hügel, dort, wo ich in vergangenen Zeiten die Nächte bei meinen Büchern verbrachte und mich zum Examen vorbereitete. Meine Phantasie war voller Illusionen und Zukunftshoffnungen. Ich liebte und glaubte mich geliebt. Von meinem Fenster aus hatte ich, ebenso wie hier, eine weite Aussicht über eine Waldlandschaft, wo ich in der Ferne auf den Gipfeln der andern Höhen Feuer blinken sah. Im Hause war man zur Ruhe gegangen, und der Schall der letzten Schritte war verklungen. Aber die öde Heide hatte nicht aufgehört zu leben. Sie wachte die Nacht hindurch und entsandte stets dasselbe stille Sausen, dieselben nächtlichen Stimmen.

Ich entkleidete mich und begab mich zur Ruhe. Und in der Phantasie meiner Träume will es mir scheinen, als sei die Dunkelheit unter dem Fenster ein Wald, als sei es nur die Heide dort in der Heimat, die sauste.

Die ganze Zeit, die zwischen diesen beiden Stunden liegt, scheint mir verschwunden zu sein. Ich bin jetzt noch derselbe, der ich damals war. Als Ziel meines Strebens erblicke ich dieselbe Hoffnung, und wie von einer sicheren Möglichkeit träume ich von Zukunft, Heim und Glück. Und ich kann nicht mehr glauben, daß ich, so wie ich noch vor kurzem befürchtete, wirklich dazu verurteilt sein soll, beständig ein einsames, freudenloses Leben zu leben.

V.

Mehrere Wochen verbringe ich in dieser ruhigen Gemütsverfassung. Es ist etwas Neues in mein Leben gekommen, das mich aufrecht hält - ich hoffe. Ich glaube schon fester an die Möglichkeit, daß mein Brief einen guten Eindruck gemacht haben kann. Während der Tage, wo ich noch keine Antwort erwarten kann, fühle ich mich beinahe glücklich. Ich weiß, daß mein Brief unterwegs ist, daß es der letzte Versuch ist, daß der letzte Wendepunkt bevorsteht, und daß dann nichts mehr zu machen ist. Und ich versinke in die gleichgültige Sicherheit des Fatalisten.

Meine Arbeit, an die ich nun mit Ernst herangegangen bin, schreitet schnell vorwärts, und ich bringe fast den ganzen Tag in der Nationalbibliothek zu. Der tempelähnliche Friede, der dort herrscht, das durch das Dach fallende Licht, die gleichmäßige, milde Wärme, die ernsten Gelehrten mit ihren grübelnden Zügen, ihren vom Denken gefurchten Stirnen und ihrem grauen Haar - das alles erfüllt mich mit Sicherheit und Gemütsruhe, und die Hoffnungslosigkeit verkriecht sich in ihren Winkel.

Mag es kommen, wie es will, denke ich, ich muß mich in mein Schicksal finden. Mein Leben wird in Zukunft sehr einförmig werden, voraussichtlich ohne besondere Freude, aber auch ohne zehrenden Kummer. Und es scheint mir, als sei ich von den sonnigen Höhen meines Lebens hinabgestiegen.

Es ist jedenfalls eine nie erlöschende Hoffnung, die mir diese Ruhe eingeflößt hat. Denn je mehr Zeit vergeht, seit ich meinen Brief abgesandt habe, desto unruhiger und nervöser werde ich. Als zwei Wochen verflossen sind und keine Anwort gekommen ist, da ist es mit mir aus. Ich gehe nicht mehr so regelmäßig auf die Bibliothek, und ich kann mich nicht von meiner Wohnung entfernen, ehe der Briefträger seine Runde gemacht hat, was ungefähr um drei Uhr geschieht. Und geschieht es doch einmal, so lasse ich plötzlich alles stehen und liegen und kehre durch Wind und Regen und Schmutz schleunigst wieder heim.

Wenn ich komme, steht die Concierge gewöhnlich vor der Tür und betrachtet zum Zeitvertreib das Leben auf der Straße. Schon aus der Ferne suche ich aus ihren Augen zu lesen, ob sie etwas für mich hat. Ist dies der Fall, so muß sie ja, sobald sie mich sieht, in ihr Zimmer gehen. Aber vielleicht denkt sie nicht daran, und vielleicht ist doch ein Brief für mich da. Ich sage ihr mit meiner freundlichsten Stimme guten Tag. Sie beantwortet den Gruß ebenso freundlich, und ich schlüpfe an ihr vorüber in die Tür. Aber sie folgt mir nicht. Ich trockne meine Füße viel länger, als es nötig ist, auf der Matte ab. Ich steige zwei, drei Stufen hinauf. Ich kann nicht weiter! Ich muß Gewißheit haben. Außerdem habe ich ja gar nichts auf meinem Zimmer zu schaffen. Der ganze Tag geht mir verloren. Ich muß sie fragen.

»*Rien, monsieur, rien!*«

Jeden Tag dieselbe Antwort und dasselbe herzzerreißende, schnarrende »*rien*«, von dem sie nicht ahnt, wie schmerzlich es mich berührt. Es ist eine wohlwollende alte Frau, stets freundlich und artig. Aber trotzdem habe ich sie in Verdacht, daß sie mir ganz im geheimen einen Streich spielt. Wer weiß, ob sie nicht mit Absicht meinen Brief zurückhält? Vielleicht meint sie, daß ich ihr zu wenig Trinkgeld gegeben habe, und will deshalb nicht damit herausrücken. Und gelegentlich stecke ich ihr ein Fünffrankstück in die Hand.

Aber von dem Briefe höre ich trotzdem nichts. Stets dieselbe Antwort:

»*Rien, monsieur, rien!*«

Eines Tages komme ich vom Frühstück nach Hause. Ich habe es aufgegeben, den Brief zu erwarten, und frage nicht mehr danach. Ich bin schon im Begriff, die Treppe hinaufzusteigen, als die Concierge mir plötzlich nachruft:

»*Voilà une lettre pour monsieur!*«

Von Anna! – Ich fahre zusammen, als ich die Aufschrift erblicke. Sollte es möglich sein? Was hat dies zu bedeuten? Und der Gedanke jagt mich die Wendeltreppe hinauf, so daß ich das sechste Stockwerk in wenigen Sprüngen erreiche. Ich verliere den Atem, es schwindelt mir vor den Augen, so daß ich kaum den Schlüssel in das Schlüsselloch zu stecken vermag. Als ich endlich das Kuvert öffne und ein Stück des Briefes in der Eile mit abreiße, sehe ich, daß der Bruder ihn geschrieben hat, und als ich die Aufschrift genauer untersuche, erkenne ich die Hand der Mutter!

Ich kann mich nicht entschließen, den Brief zu lesen. Ich wünsche fast, daß er noch nicht angekommen wäre, denn ich fürchte, daß er mich ganz aus meiner sicheren Bahn bringen wird. Eine unsichere, schwankende Hoffnung ist auf alle Fälle besser als eine vernichtete. Jetzt, wo ich den Brief einmal bekommen habe, könnte ich die Lektüre desselben bis morgen verschieben, ja bis auf weiteres.

Wie ist die Aufschrift der Mutter auf das Kuvert gekommen? Es ließe sich wohl so erklären, daß der Bruder seiner Gewohnheit gemäß den Brief abzugeben vergessen hatte. Er erwacht am Morgen, ist aber zu träge, um aufzustehen, und die Mutter sendet den Brief zur Post. Und daher trägt das Kuvert ihre Handschrift, die derjenigen der Tochter ähnelt.

Aber einmal muß ich den Brief ja doch lesen. Vielleicht steht gar nichts über die ganze Angelegenheit darin.

Der Bruder spricht die Hoffnung aus, daß ich es nicht übelnehmen werde, daß er der Mutter und Anna meinen Brief gezeigt hat. Die Mutter hätte Mitleid mit mir gehabt. Anna habe, nachdem sie den Brief gelesen, ihn, ohne ein Wort zu sagen, zurückgegeben, und seitdem wäre nicht mehr die Rede davon gewesen.

»Du möchtest sicher wissen, welchen Eindruck der Brief auf sie gemacht hat, und ich würde es Dir gern mitteilen, wenn ich es nur selber wüßte. Ich glaube auf alle Fälle, daß Du nichts dadurch verloren hast, wenn Du auch nichts gewonnen hast.

Übrigens kann man ja niemals aus den Frauen klug werden. Und, um aufrichtig zu sein, will ich Dir nur sagen, daß Anna einen Anbeter hat. Natürlich ist es ein Student, ein Grünschnabel. Sie haben sich auf dem Studentenball kennen gelernt, er hat sie aus dem Theater nach Hause begleitet, sie haben Kostümtänze miteinander eingeübt und getanzt, und in mondhellen Nächten hat er ihr Serenaden gebracht. Natürlich ist sie sehr angenehm dadurch berührt. Wie tief ihre ›Gefühle‹ gehen, kann ich wirklich nicht sagen. Es ist möglich, daß es zu einer Verlobung kommt, aber ebenso möglich ist es auch, daß nichts daraus wird.

Vielleicht kann ich mich nicht ganz auf Deinen Standpunkt stellen, aber ganz unter uns gesagt, wundert es mich wirklich, daß Du Deine Liebe zu ihr so ernsthaft genommen hast. Deine Gefühle an und für sich kann ich sehr wohl verstehen. Es ist diese allgemeine Sehnsucht, diese Leere, die in unserem Alter so schwer, ja fast unmöglich zu ertragen ist. Sie treibt uns, Liebe und Hingebung als die einzige Möglichkeit des Lebens zu suchen. Und je schneller man die Zeit unter den Füßen verrinnen fühlt, desto eifriger wird die Begier, auf einen festen Stein am Strande zu springen. Aber obwohl Anna ein prächtiges Mädchen ist, – vielleicht eins der besten, die ich kenne –, so ist sie ja doch nicht die einzige in der Welt. Ich glaube durchaus nicht, daß es mit Dir aus ist, wenn Du sie nicht bekommst. Du sagst, daß so eine alte Junggesellenliebe der ersten Verliebtheit gleicht. Aber die Ähnlichkeit zeigt sich auch darin, daß man jedesmal glaubt, es sei die letzte Neigung, obwohl dies keineswegs der Fall ist. Eines schönen Tages triffst Du ein ebenso angenehmes, vielleicht noch viel angenehmeres Mädchen. Männer, die auf unserm Entwicklungsstandpunkt stehen, müssen stets von ihren Forderungen ablassen, und wenn wir das tun, so gibt es schon Frauen genug für uns in der Welt.

Was mich selber anbetrifft, so stehe ich im Begriff, in den Winterhafen des Familienlebens einzulaufen. Denk Dir, daß ich seit einigen Tagen verlobt bin! Sie heißt Helmi und ist die Tochter eines Kaufmanns aus Uldaborg, nicht emanzipiert, nicht besonders kenntnisreich, blond, stark gebaut, frisch und blühend, eine praktische Ostbottnierin, besucht keinen Fortbildungskursus, will nicht studieren, ist aber gewandt in Handarbeit und kam hierher, um eine Kochschule durchzumachen. Mein scharfes Auge entdeckte ihre lange, blonde Flechte auf dem Studentenball, ich ließ mich ihr vorstellen und tanzte eine Française mit ihr. Wie Du weißt, bin ich sehr interessant mit meinem schmalen Schnurrbart und meinem leicht blasierten Äußern. Alle Grünschnäbel sind augenblicklich aus dem Felde geschlagen. Sie hat den vernünftigen Einfall, sich in mich zu verlieben, und ich erfahre das durch Anna, mit der sie plötzlich intime Freundschaft schließt. Sie wird zu uns eingeladen, sie singt ein wenig, und ich begleite sie. Ich bringe sie nach Hause usw. Mit einem Wort, diese Details sind ja stets dieselben und sind ja schon Tausende von Malen erlebt, – also nichts mehr darüber. Von meiner

Seite ist natürlich nicht mehr die Rede von dem, was ich früher unter Liebe verstand. Das kam und ging mit *ihr* – Du weißt ja. Aber wo in aller Welt, lieber Freund, begegnen wir diesen großen und tiefen Frauennaturen, von denen wir glaubten, daß sie allein uns befriedigen und verstehen könnten! Wenn ich einmal das Bedürfnis nach feinerer, geistiger Gesellschaft habe, nach einer sogenannten Seelensympathie, so suche ich den Kreis der Kameraden auf, tausche (bei einem Glase Grog) Ansichten mit ihnen aus, und begebe mich dann in mein friedliches Heim, wo alles in schönster Ordnung ist, und wo mich Gemütlichkeit und Zärtlichkeit umgeben.

Im übrigen bin ich fest überzeugt, daß sie sich über nichts wird zu beklagen haben. Ich werde ein guter Vater für ihre Kinder werden – ich sehne mich nach Kindern – und ein treuer Gatte. Das wird mir auch nicht schwer werden. Ich habe, ebenso wie Du, alle die wechselnden Tonarten des Gefühlslebens durchgemacht, und ich glaube, daß ich mir jetzt an der einfachen Melodie werde genügen lassen, die den Rest meines Lebens ausfüllen wird, – ›am häuslichen Herd‹. Ich sehne mich nach Ruhe, nach ungestörter, nervenstärkender Ruhe.– Oblomoff! wirst Du sagen. Ja, gewissermaßen Oblomoff. Nach der Richtung hin habe ich mich entwickelt.

Und Du solltest es versuchen, Dich nach derselben Richtung hin zu entwickeln. Hole der Teufel alle Deine Sorgen! Es verlohnt sich nicht der Mühe, sein ganzes Leben wie ein Ritter von der traurigen Gestalt umherzugehen. Insonderheit nicht in Paris um einer kleinen, finnischen Schönheit willen. An Deiner Stelle würde ich mich vom Strom fortführen lassen, da Du doch einmal am Ufer stehst. Löse Dein Boot und fahre den Strom hinab! Wenn Du nicht ganz ungeschickt steuerst, was in unserem Alter ja nicht mehr zu befürchten ist, so gleitest Du ganz allmählich in die stillen Wasser Deines Lebens. Ich stehe bereit und erwarte Dich und werde Dir helfen, Dein Boot auf einen vernünftigen ehelichen Strand zu ziehen. Wenn Anna sich nichts aus Dir macht, was übrigens nicht gesagt ist – um so schlimmer für sie. Ich will auf alle Fälle mein Bestes tun, und Mama scheint dieselbe Absicht zu haben. Vielleicht läßt sich alles nach Wunsch ordnen, wenn nicht, so kannst Du sicher sein, daß ich, mitsamt meiner künftigen Alten, – die Dich übrigens grüßen läßt – uns alle mögliche Mühe geben werden, ein tugendsames Pfarrerstöchterchen für Dich zu finden, das nicht zu weise und nicht zu ›hervorragend‹ ist, aber natürlichen Verstand besitzt.« – – –

Der Brief übt einen wohltuenden Einfluß auf mich aus. Nicht daß ich die Theorien meines Freundes und seine Ansichten über die Ehe gebilligt hätte; aber er läßt mir doch noch einen schwachen Hoffnungsschimmer. Ich freue mich, daß noch nicht alles endgültig entschieden ist. Ich stürze mich mit erneutem Eifer auf meine Arbeit. Ich lebe wie ein Eremit, und meines Freundes Ermahnung, mich in den Strudel des Lebens zu stürzen, verklingt ungehört. Jetzt mehr denn je will ich meinem Ideal treu sein, will ich meine Grundsätze verwirklichen.

VI.

Es ist heiliger Abend. Die Uhr zeigt ungefähr fünf. Die dicke, graue Wolkenmasse, hat sich im Westen und im Norden gelüftet und am Horizont einen klaren Streifen reinen Himmels zurückgelassen, der sich weiter ausbreitet und allmählich das ganze Himmelsgewölbe einnimmt. Die Nachmittagssonne kommt zum Vorschein, scheint über Paris und in mein Zimmer hinein. Ihr Licht ist gelblich und kalt, und das Bild des Fensters an der Wand erinnert mich an die Heimat – an Finnland, an die Weihnachtsabende dort in weiter Ferne, als ich von meinem Giebelfenster aus die schneeige Landschaft betrachtete, wo die kühle Sonnenscheibe hinter dem düsteren Tannenwald versank.

Ich erinnere mich leichter, tastender Schritte, hinter der Tür wird geheimnisvolles Flüstern hörbar, eine Hand faßt nach dem Türschloß, und ins Zimmer hinein stürzt eine Schar von Brüdern und Schwestern, von denen der größte kaum so weit ist, daß er die Tür wieder schließen kann. Sie sind gekommen, um den Nachmittag bei mir zuzubringen, der ihnen nach Hereinbrechen der Dämmerung und in Erwartung des Weihnachtsbaumes so lang ward. Alle Spiele sind gespielt, man hat sich die Zeit mit Versteck und Blindekuh vertrieben, ist unter alle Tische und Betten gekrochen, und doch fehlen noch mehrere Stunden, bis die Tür zum großen Saal sich öffnen wird. Man weiß nicht, was man beginnen soll, die Spiele sind erschöpft, von vorne mag man nicht wieder anfangen, und mit schlaff herabhängenden Händen seufzt man in gemeinsamer Trostlosigkeit und kann sich nicht einmal entschließen, die Perlen von der Stirn und von der Nasenspitze zu trocknen.

Da aber kommt man plötzlich auf den Gedanken, daß oben im Giebelstübchen der große Bruder sitzt, und nun hat alles Leid ein Ende. Er kann lustig sein, er versteht es, die Zeit zu vertreiben, wenn er nur will. Er wirft sich auf das Bett, mit erneuten Kräften zündet man seine lange Pfeife an und klettert dann ins Bett, sich zu beiden Seiten von ihm gruppierend. Blaue Rauchwolken ziehen durch das Zimmer, und er erzählt Märchen, denen man mit verhaltenem Atem lauscht. Und man merkt nicht, wie das Bild des Fensters überm Bett verschwindet, wie die Dämmerung hereinbricht, sich über die Möbel legt, wie man nicht mehr unterscheiden kann, was sich auf dem Tisch befindet, wo die Nasen, Münder und Augen der anderen sind. Nur von Zeit zu Zeit schnaubt der Pfeifenkopf seine Ansichten dazwischen und die Tabaksfunken glühen. – »Erzähle mehr, erzähle mehr! – und dann? Wie kam es dann?«

Man denkt nicht mehr an Weihnachten und an den Tannenbaum, bis man plötzlich unten das Öffnen einer Tür und die Stimme der großen Schwester hört, welche die Treppe hinaufruft: »Kinder! Kommt – jetzt!« Im Bett wimmelt es plötzlich von Köpfen und Füßen. Aus der Pfeife fällt glühende Tabaksasche auf den Fußboden, ein Stuhl wird umgestürzt, die Tür bleibt offen stehen, und ehe sie sich schließen kann, ist man schon die Treppe hinab und hat die untere Tür knallend ins Schloß geworfen.

Das waren Zeiten, auch das, Zeiten, die längst gewesen und entschwunden sind. Die Eltern sind gestorben, die Brüder und Schwestern über die ganze Welt zerstreut, und ich denke darüber nach, wer jetzt wohl in meinem alten Giebelstübchen wohnt.

Es liegt ein eigenartig trübes Gefühl der Vereinsamung darin, daß es jetzt wieder Weihnachten ist, und daß man niemand hat, mit dem man das Fest feiern kann. Niemand weiter als diese unendlich große Stadt mit ihren Millionen Einwohnern, von denen ich keine Seele kenne, und von denen mich keine kennt. Ich bereite mich trotzdem mit einer gewissen Befriedigung darauf vor, heute abend einsam umherzustreifen.

Ich kleide mich langsam an, indem ich zum Fenster hinausschaue, und rufe mir bald dieses, bald jenes Ereignis aus meinem verflossenen Leben ins Gedächtnis zurück. Ich ziehe ein reines Hemd an, binde frisch gebügelte Kragen und Manschetten um, knüpfe mein Halstuch mit größter Sorgfalt und entnehme der Hutschachtel meinen hohen Zylinder, den ich mit einer Samtbürste sorgsam glätte. Handschuhe und ein Spazierstock mit silbernem Knopf vollenden meine Toilette.

Die Luft ist klar und ein wenig kalt. Ich gehe direkt nach dem großen Boulevard hinab. Lebhafter als sonst wimmelt die Volksmenge auf den Straßen. Die Schritte und Bewegungen der Frauen erscheinen mir elastischer als gewöhnlich, und der Gang der Männer ist vernehmbar wie das Brausen des Gießbaches bei heiterem

Wetter, und die Peitschen der Kutscher knallen fröhlich, wie zu ihrem eigenen Vergnügen. Die kleinen, leichten Wagen und die schnell aufeinander folgenden Hufschläge der Pferde schmieden das Straßenpflaster gleich den Nagelhämmern in einer Fabrik, während die unglaublich großen Wagen, die hoch wie Häuser sind, und deren Pferde Elefanten gleichen, ein Getöse hervorbringen, das an das polternde Getreibe eines gewaltigen Dampfhammers erinnert. Und dies alles vereinigt sich zu einem Riesenlärm, der mit dem Gerassel der Räder anhebt, im Geklapper der Hufe schwillt, in dem Pfeifen der Droschkenkutscher gell zum Himmel aufsteigt, neues Leben aus dem Peitschengeknall saugt und zu einem mächtigen, schwellenden Getöse anwächst, das an den Wänden der Häuser in die Höhe steigt. Zuweilen tritt ein Hindernis ein, der Weg wird versperrt, und da schwemmt dieser Fluß, der Atem und Stimme hat, über seine Ufer und strömt zurück, und die anstoßenden Straßen wallen auf von gehemmten Fuhrwerken, von Pferdehufen und schwarzen Hüten, bis die Verbindung wieder hergestellt wird und man mit erhöhter Geschwindigkeit und vermehrtem Getöse weiterstürzt.

Aber auf den großen Boulevards, wo ich endlich strande, ist das Wagengerassel verschwunden. Die Gefährte sind auf das Holzpflaster gerollt und gleiten jetzt lautlos weiter. Man hört nur den dumpfen Schlag der Hufe, – es klingt fast, als trügen die Pferde wollene Socken über ihren Hufeisen. In all dieser Stille liegt trotzdem ein fieberhafter Eifer. Jeder Nerv ist angespannt, jedes Glied ist in Bewegung wie in einer Fabrik, wo sich das Treibrad verstohlen seufzend dreht, und die glatten Lederriemen schnurrend von Achse zu Achse gleiten. Es gibt keine einzelnen Pferde und keine einzelnen Wagen mehr. Auf jeder Seite der Straße erblickt man nur eine einzige, ununterbrochene Reihe, deren Anfang und Ende man nicht sieht.

Obwohl es noch verhältnismäßig hell ist, sind die Lampen in den Läden, in den Warenlagern und Cafés schon angezündet. Die Türen werden unablässig geöffnet und geschlossen und durch sie hindurch qualmen gleichsam Menschenstimmen, Lärm und eilige Geschäftigkeit. Die Fenster der Juweliere strahlen von Kostbarkeiten, Ringen, Armbändern, Uhren, Halsgeschmeiden; die Leuchter und Lampen wachsen zu Hunderten an im Reflex der großen Spiegel.

Die schweren Seidenstoffe schwellen im elektrischen Licht, das noch durch Glasprismen verschärft wird. Die großen Basare sind von unten bis unter das Dach mit Spielsachen angefüllt. Aus den Buchläden fließen Bücher und Papiere gleich Lavaströmen auf die Trottoirs der Boulevards. In den Fenstern der Leinwandhandlungen schimmern die Kragen, Manschetten und Wäschegegenstände wie frischgefallener Schnee.

Überall wimmelt es von Kauflustigen. Vor mir her geht eine Mutter mit ihren zwei kleinen Töchtern. Ich folge ihnen von Tür zu Tür, von Fenster zu Fenster und bleibe stehen, wo sie stehen bleiben und beschauen. Die Mutter sieht sich von Zeit zu Zeit gezwungen, etwas zu kaufen, worauf die Kleinen zeigen. Mit Paketen beladen, gehen alle drei schließlich durch eine Tür, die scheinbar zu ihrer Wohnung führt, und steigen die Treppen hinan; ich höre noch den Widerhall des hellen Kinderlachens, während ich draußen vor der Haustür stehen bleibe.

Schon werden die elektrischen Kugeln in der Mitte des Boulevards angezündet, und auf den Trottoirs zu beiden Seiten der Straßen brennen die Gaslaternen trüber. Aber die letzten Strahlen des Tages haben noch die Übermacht, und ihr Licht erinnert an Augen, die geblendet sind und noch nicht klar zu sehen vermögen.

Ich gehe in ein Café, dessen Fenster mit Glasmalereien verziert sind wie in einer mittelalterlichen Kirche. An der Tür strömt mir ein fast heimischer Duft entgegen. Ein eiserner Kamin mitten im Zimmer verbreitet eine angenehme Wärme. Ein Kellner beeilt sich, meinen Überrock und Stock in seine Obhut zu nehmen. Er weist mir einen bequemen Platz im Sofa am Fenster an und holt mir die neueste Abendzeitung.

Ich bestelle einen Absinth, dies Getränk des Vergessens und der unbestimmten Phantasien, das die Macht besitzt, den einen Schleier nach dem andern vor unseren Augen fortzuziehen. Die elektrischen Flammen da draußen beginnen schon, über das Tageslicht zu siegen, sie haben jetzt einen wärmeren Schein, und es macht den Eindruck, als verbreiten sie einen blauen Samtnebel um sich. Die Omnibusse mit ihren großen, weißen Pferden und ihren feuerroten Annoncenplakaten rollen am Fenster vorüber. Rot, Blau und Weiß vermischt sich miteinander, und die Mischung befindet sich in beständiger Bewegung. Aber der Zeitungskiosk nähert sich nicht, ebensowenig wie der dunkle Zug des Boulevards und der lichtausstrahlende Kandelaber.

Ich halte die Zeitung in der Hand, mache mir aber nichts daraus, sie zu lesen. Weshalb bin ich nicht früher hierher gekommen, um meine Abende fortzuphantasieren am Rande dieses brausenden Stromes, – ja, wahrlich, am Rande eines Stromes. – – –

Aber dort oben wölbt sich der klare, durchsichtige Himmel gleich einem Bogen über der schwarzen Häuserreihe. Die Abendröte ist noch nicht völlig erloschen. Der Himmel ist bleich und kalt dort, wo er sich am Ende der Boulevards herabsenkt, und wird immer klarer, je mehr er sich der Erde nähert. Aber für mich schließt er dort noch nicht, er setzt sich gleich einem mächtigen Gewölbe nach Norden hin fort, immer weiter und weiter entfernt. Und je höher nach Norden er kommt, über Berg und Meer, desto kälter wird er, und Sterne erfunkeln an ihm. Daheim in Finnland herrscht eine scharfe Kälte. Der Schnee wird trocken und knirscht unter den Füßen. Die Bäume auf der Esplanade in Helsingfors stehen im weißen Schneegewande da, die reifbedeckten Telephondrähte hängen schwer herab, aus den Schornsteinen steigen weiße Rauchwolken auf, und die Schlittenglocken klingeln. –

Aber wer ist die junge Dame da, die so leicht einherschreitet mit einer dicken Boa, die ihr bis an die Füße reicht? Sie bleibt einen Augenblick vor dem Caféfenster stehen, – ihre Wangen sind rot, und in den Wimpern hängt der weiße Reif. Die feine, kalte Haut, – wenn ich sie doch mit meinen Lippen berühren dürfte. –

Und ob ich es nicht doch vielleicht noch einmal dürfen werde? Ich bin dessen ganz sicher und mache mir keine Sorgen. Ich warte, bis meine Zeit kommt. Ich werde auch noch einmal mein Glück finden!

Ist es die Wirkung des feinduftenden Absinths? – – Meine Stimmung ist plötzlich wie ausgetauscht. Ich finde, daß dies Leben, dies Paris ganz verwandelt ist. Mein Inneres schwillt vor Freude, und mein Herz wird weich. Ich habe dies alles bisher nicht so recht verstanden. Ich glaubte, diese Stadt sei ein tausendfüßiges Raubtier, und sie ist ja eine sanfte Schönheit, warmäugig und zart von Teint, die dir von selber um den Hals fällt, dich einwiegt und dich mit seidenweichen Händen streichelt. Und es scheint mir, als quöllen hier überall Lebenslust, feurige Gefühle und Freude aus warmen, unterirdischen Gewölben hervor. Die Entwicklung von Jahrhunderten sprudelt überall aus der Erde auf und legte sich wie ein feiner Regen stärkend und erfrischend über alle Gegenstände. Und die äußerste Spitze dieses Springbrunnenstrahls, dies jeden Augenblick wechselnde Schaumbündel, das ist die Pariserin, die dir überall begegnet, dieser weiche Hermelin, dies geschmeidige Eichhörnchen. Sie ist liebenswert wie ein Kind und würdig wie eine Köchin. Welche Honigsüße in ihren Bewegungen und in ihrer Stimme! Welche Elastizität in ihrem Gang! Wie sie imstande sein muß zu lieben, zu schmeicheln, sich dem hinzugeben, der sie einmal gewonnen hat!

Jetzt verstehe ich es, weshalb der Franzose so entzückt von seiner Hauptstadt ist. Ich verstehe es, daß er sich nach seinem Lande zurücksehnt, sobald er diese großen, farbenreichen Boulevards, die erleuchteten Fenster der Cafés, die Omnibusse nicht mehr sieht, sobald er diesen Asphalt nicht mehr unter seinen Füßen fühlt, auf dem man so bequem auf und nieder gehen und sich einbilden kann, daß dies der Mittelpunkt der Welt ist.

Könnte ich nicht mit all diesem verschmelzen, mich daran gewöhnen und den Rest meines Lebens hier bleiben? Wohl ist Finnland schön, wohl erweckt sein Himmel so schöne und reine Gefühle. Aber sie sind so matt, so schwach. Wohl sind die Sommernächte klar, aber es schweben in der Luft stets die kalten, eisigen Winde, die der Erdfrost in den Gründen der nimmer schmelzenden Sumpfstrecken ausatmet.

Wie tief der Schatten ist, wie weich
Im grünen Birkenhain,
Wie goldbestrahlt der Strand, wie reich,
Die Wellen klar und rein!
Wie süß es ist, unendlich süß,
Ein Herz zu wissen dort,
Das dich in Treue nimmer ließ,
Sich sehnte fort und fort.

Hier aber ist Glut, aufregende Bewegung, brausendes Leben. Hier muß man sich verjüngen können, und wäre man noch so alt, hier muß man das Leben mehr genießen können als anderwärts.

Und abermals steht Anna vor mir, und ich muß an den Rat denken, den ihr Bruder mir gegeben hat. Und ich sinne darüber nach und frage mich selber, welchen Eindruck sie jetzt auf mich machen würde, wenn ich sie hier, dort auf der Straße, zwischen den andern erblickte. Wäre es nicht möglich, daß sie mir das nicht ist, was sie mir während so langer Zeiten in Gedanken gewesen? Sollte sie farbloser, unbedeutender sein? – Sollte der Bruder recht haben?

Ich denke nicht weiter darüber nach. Ich wandere an der großen Oper vorüber, biege in die *Avenue de l'Opéra* ein und gehe am *Théâtre-Français* vorbei. Von dort durch das Gewölbe des Louvres auf den Hof des uralten Königsschlosses, in dessen Mitte sich eine hohe, eiserne Säule mit zwei Querstangen erhebt, von denen elektrische Lampen herabhängen, die einen phantastischen Schein verbreiten. Ich gehe über die Seinebrücke und bleibe einen Augenblick stehen, um die kleinen Dampfboote zu betrachten, deren rote Laternen sich wie Aalfanglichter im Wasser spiegeln.

Ich habe meine Sorgen ganz abgestreift. Ich habe einen jener seltenen Tage völliger Gemütsruhe, an denen man an nichts weiter denkt, als den Augenblick zu genießen. Oft ist es vorgekommen, daß, wenn ich am Abend eines solchen Tages nach Hause gekommen bin, ein Telegramm oder ein Brief auf meinem Tisch gelegen und mich erwartet hat. Eine böse Ahnung durchbebt dann plötzlich mein Herz, und wenn ich den Umschlag mit zitternder Hand erbrochen habe, lese ich etwas, woran ich seit langen Zeiten nicht gedacht habe, dessen Eintreffen ich vielleicht befürchtete, das ich aber vollständig vergessen hatte. Und solche Stunden haben dennoch wichtige Wendepunkte in meinem Leben ausgemacht.

Nachdem ich in einem Lokal am linken Seineufer gegessen habe, kehre ich auf demselben Weg zurück, den ich gekommen bin, und kehre im *Café de la Régence* ein, um im Vorübergehen einige finnische Zeitungen zu durchfliegen.

Ich finde das bekannte Café fast leer. Die Kellner stehen müßig da, und die Billards schweigen unter ihren Bezügen. Die gewöhnlichen Stammgäste sind natürlich zu Hause in ihren Familien. Denn ein jeder, der nur einen Freund oder Bekannten hat, sucht dessen Gesellschaft heute abend auf. Nur einige alte Herren sitzen hier, lesen Zeitungen und rauchen ihre Pfeifen. Vielleicht sind es Ausländer, vielleicht Menschen wie ich, die kein anderes Heim haben als das Café.

In einiger Entfernung von mir, am anderen Ende desselben Tisches, sitzt ein junger Mann. Er saß dort schon, als ich kam. Er hat seinen Kaffee getrunken und sieht aus, als erwarte er jemanden. Er ist unruhig und sieht von Zeit zu Zeit nach der Uhr. Die verabredete Stunde ist gewiß verstrichen. Er beruhigt sich aber doch und rollt sich eine Zigarette. Nach einer Weile sehe ich durch das Fenster eine Dame an einem Omnibus vorbei über die Straße eilen und hierher kommen. Jetzt bemerkt auch der junge Mann sie, und sieht auch erfreut aus und klingelt dem Kellner, um zu bezahlen. Die Dame schlüpft durch die Tür und geht gerade auf ihn zu. Sie reden einen Augenblick miteinander, sie erklärt ihm etwas, man versteht sich und geht Arm in Arm hinaus.

Stelle dir vor, daß du auch jemand hast, auf den du wartest. Denk dir, daß sie es ist, daß du gerade sie hier erwartest! Ohne sich umzusehen, müßte sie schnellen Schrittes am Boulevard entlang gehen und bei der Oper hierher abbiegen. Jetzt ist sie schon auf der anderen Seite dieses kleinen, offenen Platzes, *Place du Théâtre-Français*. Sie wartet, bis einige Wagen vorübergefahren sind, um über die Straße zu gelangen. Ich sehe sie nicht, sie ist dort hinter dem Springbrunnen. – – –

»Guten Abend, sitzest du hier ganz allein?« Und ein Landsmann, den ich hier in Paris einige Male getroffen habe, legt mir die Hand auf die Schulter.

»Ja, freilich. – Nun, wie geht es denn?« Seine Gesellschaft interessiert mich nicht, und er hat nichts Besonderes zu berichten. Er weiß auch nicht mehr als die Zeitungen, nämlich, daß es unheilverkündende Zeiten daheim sind, daß man im Begriff steht, uns unserer Freimarken und unserer Münzen zu berauben. Das ist natürlich traurig, und wir schütteln beide den Kopf und seufzen. Sein Bericht erinnert mich auch daran, daß es daheim Fennomanen und Svekomanen gibt, die augenblicklich um die hohen Anstellungen kämpfen. Er ist Fennomane, und die Svekomanen intrigieren gegen ihn.

Wir haben keine weiteren gemeinsamen Berührungspunkte und ziehen uns jeder hinter seine Zeitung zurück.

»Da sehe nur einer!« sagt er plötzlich. »Daheim tun sie nichts weiter als sich verloben!«

Er reicht mir die Zeitung, auf deren vorderster Seite ich eine mit fetten Buchstaben gedruckte Anzeige erblicke:

Anna Hjelm,
Tovio Rautio,
Verlobte.

»Ach ja! freilich!« höre ich eine Stimme sagen.

»Du warst ja mit der Hjelmschen Familie bekannt. Wer ist Tovio Rautio? Ist das einer von den ostbottnischen Rautios?«

»Ich kenne ihn nicht.«

»Das Mädchen blieb ja schnell hängen. Ich kenne sie freilich nur von Ansehen. Eine verteufelt niedliche Kleine! Ich sah sie im Theater, und auf der Esplanade erregte sie Aufsehen, wenn sie dort mit ihrem Bruder ging.«

»*Garçon!*«

»Willst du schon gehen?«

»Ich habe mich mit einem Bekannten verabredet.«

Ich sehe eine lange Reihe von Gaslaternen in einer Straße und sehe, wie sie sich in weiter Ferne mit einer anderen Reihe vereinigt. Ich höre das Rollen von Rädern und das Getrampel von Pferdehufen. Vor einem Ladenfenster wird ein eiserner Vorhang rasselnd herabgelassen. Aber der ganzen Fassade eines Hauses glänzen in großen Messingbuchstaben die Worte: »*Hôtel du Louvre*«. Ein großes Gebäude zur Linken, ein dunkles, schwarzes, finsteres Bild. Eine erleuchtete Uhr an der Spitze einer Säule. Die Zeiger derselben berühren sich.

Jetzt sitzen sie daheim in Annas Zimmer, auf ihrem kleinen Sofa. Es brennt kein Licht dadrinnen. Nur durch die halbgeöffneten Türen dringt der schwache Schein der Lampe. Wenn sie jetzt herauskäme, so würde ihr Haar in Unordnung sein, ihre Wangen würden glühen – – –

Ich gehe und gehe, ohne daran zu denken, wohin ich gehe.

In der Mitte eines freien Platzes, am Rande eines Wasserbassins befindet sich eine Gruppe grünlich schimmernder, schlüpfriger Wassertiere mit Menschenköpfen und Füßen und einem Fischschwanz. Sie glänzen von Feuchtigkeit und scheinen mich beim Scheine des Lichtes höhnisch anzugrinsen.

Welchen Weg habe ich nur in aller Welt eingeschlagen! Dies ist eine Seinebrücke, und auf der anderen Seite erblicke ich die Fassade der Deputiertenkammer! Dies ist ja die Place de la Concorde! Und ich wohne in Montmartre.

»Heda!«

Ein Wagenrad streift meinen Rockärmel. Mit genauer Not biege ich aus. Der Kutscher murmelt einige wütende Worte in den Bart.

Wenn *du* nicht willst, so will ich auch nicht!

Und der Trotz, den ich an jenem Abend empfunden, als ich Abschied nahm, kommt wieder bei mir zum Ausbruch und steigert sich, je mehr ich mich Montmartre nähere. Schnellen Schrittes gehe ich über den Marktplatz und an den Häusern entlang, die dunkle Schatten auf meinen Weg werfen. Gott sei Dank, daß endlich Klarheit in die Sache gekommen ist! Ein Glück, daß endlich der letzte Faden abgeschnitten wurde! Jetzt leisten die alten Wurzeln keinen Widerstand mehr! Grabe den Stamm in einen neuen Boden ein! Und dann ramme ihn dort so fest, daß die ganze Umgebung dröhnt und die alte Rinde abfällt!

Wie lächerlich diese Verlobungsanzeigen in den Zeitungen doch sind! Es fehlte nur, daß die Verlobungsanzeige des Bruders daneben stünde, mit ebenso großen Buchstaben. Vielleicht stand sie wirklich da! Wie rührend, Bruder und Schwester! – – – Und die Hochzeit würde natürlich am selben Tage gefeiert!

Man hält es für überflüssig, mich von der Sache in Kenntnis zu setzen. Wozu auch so viele Umstände machen! »Er wird es ja aus den Zeitungen ersehen!«

– Die Mutter und der Bruder sind natürlich ganz bezaubert von dem Schwiegersohn und Schwager.

Ich bin die Rue Blanche hinaufgegangen, die sich zwischen unansehnlichen Gebäuden hinschlängelt. Ehe ich mich's versehe, fällt mein Blick plötzlich bei der Mündung der Straße in Montmartres Abschluß auf die »Moulin Rouge«. Sie erglänzt röter denn je. Ihre roten, mit kleinen elektrischen Lampen versehenen Flügel bewegen sich in langsamem Takt und locken den Wanderer schon aus der Ferne heran, In den Fenstern brennen rote Flammen, und auch die Tür zwischen den Füßen der Mühle ist rot.

Von allen Seiten strömen Menschen herbei. Einzelne Fußgänger und ganze Scharen eilen vom Boulevard und den angrenzenden Straßenmündungen auf die Mühle zu. Ein Wagen nach dem andern hält davor und fährt dann weiter, anderen Platz machend. Gleich einem stets brausenden Wirbel zieht die Mühle Menschen an und verschlingt sie in ihren Schlund. Sie gehen gewohnheitsgemäß, sicher, vergnügt und lachend dahin, Männer und Frauen, wie auf einem Bilde an der Kirchenwand – eine frohe Menschenschar, die den breiten Weg direkt in die Hölle hineintanzt.

Dahin muß ich auch, gerade da will ich meinen Weihnachtsabend verleben. Ich bin ja verrückt gewesen, daß ich nicht früher dahingegangen bin. Ein Narr, der bisher fast mit Strenge an diesem Zufluchtsort der Freude vorübergegangen ist. Gleich einem elenden, buckeligen Pietisten bin ich die schmale Wendeltreppe hinaufgeklettert, die in mein sechstes Stockwerk unterm Himmel führte. Weshalb? Zu welchem Zweck?

Ich bleibe vor der Tür stehen und betrachte die Vorübergehenden. Aus einem Wagen lugt ein Frauenkopf, ein Knie folgt, und nun berührt ein kleiner, seidener Schuh das Trottoir. Die Seide des Kleides knittert und auf dem Haarknoten sitzt ein koketter, kleiner Samthut.

»*Oh, oh, comme c'est chic!*« höre ich eine Stimme aus dem weiter fort stehenden Haufen rufen.

Ich zögere unschlüssig. Was habe ich dort eigentlich zu suchen? Aber ein Schutzmann fordert mich auf, entweder hineinzugehen oder mich zu entfernen. Als die Tür sich öffnet, höre ich abgerissene Töne im Tanztakt, und sie ziehen mich halb wider meinen Willen hinein.

Ich stehe auf der obersten Stufe der breiten Treppe, die in den Tanzsaal hinabführt. Längst vergessene Sagen aus »Tausend und einer Nacht« gleiten an meinen Sinnen vorüber, Sagen von unterirdischen Festen, von goldenen Schlössern und Kristallpalästen, die mitten im Berge liegen, zu denen niemand den Weg kennt, und deren Türen nur ein »Sesam« öffnet.

Über mir wölbt sich eine Decke mit verwegenen Gemälden. Dicht nebeneinander hängen leise flatternde Flaggen und Wimpel. Ich sehe Felsenhöhlen und grüne Wälder und bemerke im Anfang nicht, daß die Wände zur Hälfte aus Gemälden, zur Hälfte aus Spiegeln bestehen. Ich weiß nicht, was Wirklichkeit und was nur Reflex ist. Ich sehe lange Säulenreihen und unzählige elektrische Lampen.

Die Volksmenge, die sich dort unten bunt durcheinanderdrängt, scheint ein weites, unübersehbares Feld zu füllen. Die Menschen werden immer kleiner und kleiner. Sie bewegen sich auf und nieder zu den Tönen der Musik, sich bald hier, bald dort nach den Takten des Walzers wiegend. Die glatten Zylinderhüte glänzen und schimmern, und hier und da drängt sich dem Auge ein Bild von weißen Kragen und Krawatten, von nackten Schultern und verführerischen Frauennacken auf, die nur einen Augenblick im Gesichtskreis verweilen, eine Schwingung machen und sich in der Menge verlieren. Die Musik ist melancholisch, und eine plötzliche Niedergeschlagenheit bemächtigt sich meiner. Mir ist, als wandle mich eine Ohnmacht an, ich fühle mich müde, meine Knie schwanken. Ich könnte beinahe weinen. Aber aus dem allgemeinen Lärm heraus dringen einzelne, gelle Freudenrufe, und schallendes Gelächter dringt bis zu mir herauf. Die Paare drehen sich im Kreise, eng aneinander gepreßt, Männer und Frauen, Brust an Brust, fast wie *ein* Wesen. Die Hüte sinken in den Nacken, die Absätze fliegen in die Luft, weiße Röcke flattern unter den dunklen, ein kleiner, seidener Schuh wird in einer Linie mit den Köpfen in die Höhe geschnellt, und ein roter Strumpf wird bis über das Knie sichtbar.

Die Luft ist heiß und aufregend. In schweren Zügen wälzt sie sich zu mir heran, mit Dünsten, Parfüms und Schweiß geschwängert – als entstiege ein Rauch aus dem Ofen der brennenden menschlichen Leidenschaften.

Ich gehe hinab und mische mich unter die Menge. Ich sehe Augen blitzen und fühle, wie raschelnde Seide, weiche Arme und runde Schultern mich im Vorbeidrängen berühren.

Ich wandere von der einen Seite des Saales nach der andern, stehe neben den tanzenden Gruppen und betrachte die geschmeidigen Bewegungen von Händen und Füßen, Taillen und Hälsen.

Und zum erstenmal in meinem Leben überkommt mich die Lust, mich voll und ganz ins Leben hineinzustürzen, in vollen Zügen alles zu genießen, was sich mir bietet. Ich will mich treiben lassen, ich will auf dieser verführerischen, schlüpfrigen Oberfläche dahin gleiten, will mich blenden und berauschen lassen. Und ich fürchte das Erwachen nicht wie früher. Mag mich die Welt in ihre Gewalt bekommen, mag dies Paris mich zu Tode drücken, wenn es mich nur erst streicheln, mich auf seinen Händen tragen will. Ich habe ja die Mittel, ich kann ja meine eigene Hochzeit und die Wonne meiner Flitterwochen bezahlen! Möge mich der Strom fortführen, mögen mich die Wasser des Gießbaches schaukeln, ich schwinge meinen Hut und rufe den Freunden, die gar nicht existieren, ein Lebewohl zu, nehme Abschied vom Vaterlande, von seinen lieblichen Ufern, seinen Erlen, Birken, Eschen und dunklen Hainen. Und ich will das Brausen des Gießbaches nicht hören, will nichts von dem drohenden Tod wissen!

Ich habe keine Lust, mein ganzes Leben zu vertrauern. Ich habe auch Ansprüche an das Leben! Ich will genießen, ehe mein Blut erkaltet und mich die Kühle des herannahenden Alters erstarrt. Heute abend will ich herzen und küssen, ich will einen Ersatz haben für jahrelange Qual. Diese Lust dringt allmählich in mein Blut ein. Gierig atme ich ihre Glut. Mein Blick wird kühn und sicher, ich schaue und forsche, ich wähle mir aus der Menge Gestalten und Gesichtszüge aus, die mir gefallen könnten. Die fachmännische Sicherheit aus meinen Jugendtagen kehrt wieder, und Neigungen, die sich lange nicht geäußert haben, erwachen aufs neue. Ich habe durchaus nicht die Absicht, mir an der Ersten, Besten genügen zu lassen. Ich verwerfe die eine schnell, zögere ein wenig bei einer anderen, finde eine Weile Gefallen an einer Dritten, gebe auch sie wieder auf. Die eine ist zu stark geschminkt, die andere zu bleich, die dritte hat einen gewöhnlichen Zug um den Mund, die Augen der vierten sind zu glanzlos. Ich will den feinsten Duft haben, den besten, der hier zu finden ist.

Eine Frau mit ernstem Aussehen ist wiederholt an mir vorübergestreift. Ihr Wuchs ist üppig und tadellos, ihre Züge sind rein und fein, beinahe edel. Sie sieht wohlwollend und freundlich aus. Sie ist nicht gepudert, und ihre Lippen haben eine natürliche Frische. Ihre Kleidung ist einfach und dunkel, und auf der Rosette des Samtmuffs ist ein blaues, unschuldiges Veilchen befestigt. Sie nimmt nicht teil am Tanze und scheint keine Bekannte zu haben. Einmal geht sie an mir vorüber und berührt mich gleichsam aus Unachtsamkeit mit dem Ellbogen. Sie verschwindet in der Menge, und ich betrachte abermals die Tanzenden. Als aber die Musik aufhört, und der Kreis sich auflöst, steht sie wieder hinter mir, und als ich an ihr vorübergehe, sieht sie mir gerade ins Gesicht, und ich merke, daß ihre Augen groß sind und schöner als alle, die ich bisher gesehen habe.

Sie geht wieder, jetzt aber folge ich ihr. Vielleicht ist sie keine von den gewohnheitsmäßigen Besucherinnen dieses Lokals, vielleicht hat sie nur ein Zufall hierher geführt. Und ich male mir ein Verhältnis mit einer feinen Pariserin aus, wie ich es oft in Romanen gelesen habe.

Ich verliere sie nicht aus den Augen, und als sie stehen bleibt, bleibe ich hinter ihr stehen.

Natürlich, nicht ohne jegliche Einleitung, wendet sie sich nach mir um und fragt:

»Sie tanzen nicht?«

»Nein, leider nicht.«

»Ich auch nicht. Wollen Sie mich nicht zu einer Erfrischung einladen?«

Sie nimmt meinen Arm, und wir setzen uns an einen kleinen Tisch nahe der Wand. Und ich frage, was sie trinken will.

Sie ist durstig und will nur ein Glas Bier haben.

Als der Kellner gegangen ist, um das Verlangte zu holen, entsteht eine Pause. Ich ziehe mein Zigarettenetui aus der Tasche und biete es ihr an. Sie nimmt eine Zigarette, will aber kein Feuer haben. Sie steckt sie in den Busen und sagt, daß sie lieber zu Hause rauchen mag.

»Sie besuchen mich doch natürlich heute?«

Als ich ihr das zusage, stößt sie mich mit dem Knie an und trinkt auf meine Gesundheit.

»Ah, wie durstig ich bin!« und sie leert das halbe Glas in einem Zuge.

»Sie sind wirklich zu gut. Ich habe Sie lieb!« sagte sie.

Sie trinkt ihr Glas aus und wir gehen. Die Musik spielt wieder eine melancholische, wiegende Walzermelodie. Als wir die breite Treppe hinaufsteigen, sehe ich, wie sich der dunkle Haufen da unten wieder in Bewegung setzt. Auf der anderen Seite des Saales erhebt sich die Estrade der Musikanten, ich sehe die Bewegungen der Violinisten und den Taktstock des Dirigenten.

Weshalb überkommt mich plötzlich wieder Verlangen, zu weinen?

Weshalb erscheint mir alles so herzzerreißend traurig? Und weshalb wünsche ich mich weit fort von hier?

Aber sie hat sich fest an meinen Arm geklammert, und sie läßt mich nicht einmal los, als sie den Regenschirm aus der Hand der Garderobiere entgegennimmt.

Draußen hat es inzwischen angefangen zu regnen. An der Tür spannt sie den Regenschirm auf, gibt ihn mir zu halten, nimmt mit der rechten Hand ihr Kleid auf und schiebt die linke unter meinen Arm.

Ein feiner Sprühregen fällt herab. Er hat bisher nirgends richtige Pfützen zu bilden vermocht, aber überall breitet sich eine feine Schmutzschicht aus, die bewirkt, daß man bei jedem Schritt nahe daran ist, auszugleiten. Die Gasflammen und die vorüberfallenden Wagenlaternen spiegeln sich in der feuchten Straße wie in einem stillen Kanal. Die Pferdehufe klappern wie auf einer mit Wasser bedeckten Eisbahn.

Wir wandern dahin unter demselben Regenschirm. Sie hat die Führung und zieht mich mit sich fort. Ich frage, ob sie weit von hier wohnt, aber sie versichert:

»Ganz in der Nähe, ganz in der Nähe.«

An einer Straßenecke will sie, daß ich sie küssen soll.

»Küsse mich, mein Freund!«

Ich stelle mich ein wenig ungeschickt dabei an, aber ihre Wange ist so weich und ihre Haut ist so fein, als meine Lippen sie berühren, und ich küsse sie noch einmal, ohne daß sie mich dazu auffordert.

Und als die Gasflammen plötzlich ihren Schein unter den Rand ihres Hutes werfen, so kommt es mir vor, wie sie so zu mir aufblickt, daß sie eine flüchtige Ähnlichkeit mit Anna hat. Dieselben Wangen, dasselbe Profil, dieselbe ringelnde Locke am Ohr.

Sie redet die ganze Zeit zu mir, sie singt leise eine Melodie vor sich hin, während sie mich mit sich zieht. Aber ich gehe nicht mehr mit ihr, ich gehe mit der anderen. Mit Anna bleibe ich vor einer Tür stehen, und es ist ihre behandschuhte Hand, die an dem Messingknopf der Türglocke zieht. Wir haben da oben im sechsten Stockwerk eine kleine Wohnung, einen kleinen Haushalt, zwei Zimmer und eine Küche, schwere Gardinen vor Türen und Fenstern, einen Alkoven und meinen Schreibtisch mit ihrem Lehnstuhl daneben. Und während ich warte, daß die Tür geöffnet wird, durchlebe ich einige kurze Augenblicke lang wie beim Scheine eines plötzlichen Blitzes die Verwirklichung meiner schönsten Hoffnungen, alle meine Illusionen und Träume, wie man sagt, daß ein Sterbender es tun soll, kurz ehe das Leben ihn flieht.

Als die Tür geöffnet wird, erwache ich. Sie schlüpft in den Korridor hinein und holt ein Licht vom Türhüter. Sie eilt vor mir die Treppe hinauf, und ich schüttele das Wasser von meinem Regenschirm ab.

Ihr Zimmer scheint fein möbliert zu sein. Ein bequemes, breites Sofa, große, weiche Lehnstühle, dicke, dichte Gardinen vor den Fenstern und dem Alkoven. Eine gewisse anheimelnde Beleuchtung durch den roten Lampenschirm.

Ich habe meinen Überrock abgelegt und mich in einem Lehnstuhl ausgestreckt. Sie ist geschäftig als Wirtin in ihrem kleinen Haushalt, macht Feuer im Kamin an, kniet davor und ordnet dann den Tisch, und jedesmal, wenn sie an mir vorüberkommt, streichelt sie mich. Sie hat ihr steifes, zugeschnürtes Kleid mit einem weiten Morgenrock vertauscht, vor dem Spiegel ihr Haar aufgelöst und es mit einem roten Bande umwunden. Jetzt glaube ich auch in der Figur und in der Haltung des Kopfes etwas Bekanntes wiederzufinden.

Ich rufe sie zu mir, sie fällt mir um den Hals, setzt sich mir auf die Knie, küßt mich auf die Stirn und hält meinen Kopf zwischen ihren Händen, als wisse sie, was ich entbehre, woran ich denke. Ich wundere mich, woher sie es versteht, gerade so zu sein, wie ich sie haben will.

»Ja, aber weshalb bist du so traurig?« fragte sie.

Sie ist nicht dumm. Welche Erfahrung sie haben muß! Wie sie die Welt und die Menschen kennen muß! Wie sie es gelernt haben muß, sie zu verachten, während sie auf diese Weise bald mit dem einen, bald mit dem andern lebte! Sie ist natürlich einmal verliebt gewesen, auch sie, wahnsinnig und unglücklich, sie ist vielleicht betrogen worden und hat nun ihrerseits andere mit Füßen getreten. Und was wird sie nicht noch alles erleben!

»Weshalb siehst du mich so eigentümlich an? Sage mir doch, weshalb?«

»Du bist so schön!«

Es ist auch keine Spur von Roheit oder Gemeinheit an ihr zu entdecken. Sie ist lieb und gut und freundlich und will mich nur festhalten. Sie versichert mich, daß sie sich auf den ersten Blick in mich verliebt habe. Es kann keine Rede davon sein, daß ich sie gleich wieder verlassen darf. Ich muß lange bei ihr bleiben, und ich muß oft hierher kommen, sie ist jeden Tag zu Hause. Ich kann kommen, wenn ich will. Und morgen komme ich doch zum Frühstück, nicht wahr?

Ich werde ihrer merkwürdigerweise nicht überdrüssig. Ohne den geringsten Widerwillen zu empfinden, lasse ich mich von ihr küssen und streicheln.

Ich betrachte sie, wie sie dort ruht. Und wieder gleicht sie Anna. Vielleicht erscheint mir das nur so, weil ich diese Ähnlichkeit suche, weil ich mich absichtlich betrügen, mich in diesen Gedanken einlullen will. Und während ich das tue, empfinde ich ein angenehmes Gefühl befriedigter Rache, und ohne Erbarmen suche ich sie gewaltsam an die Stelle der anderen zu zwingen. Es schmerzt, aber ich schwelge in diesem Schmerz!

So hatte ich sie mir auch vorgestellt, neben mir, so wollte ich die Finger in ihrem Haar spielen lassen, so wollte ich sie ganz in der Nähe betrachten, ihr Antlitz, jeden geringsten Zug, ihre Stirn, ihre Augenbrauen, die Nase, den Mund und den Hals. Und so sollte der Lampenschein in ihren dunklen, feuchten Augen schimmern.

Sie fragt abermals weshalb ich sie so sonderbar ansehe, und ich erwidere, daß sie einer Frau gleicht, die ich vor langen Zeiten einmal geliebt habe.

»War sie schön?«

»Nicht so schön wie du!«

»Liebtest du sie?«

»Ein wenig, aber das ist jetzt vorüber.«

»Liebte sie dich?«

Und ohne weiteres denke ich mir eine Geschichte aus, wie sie mir untreu gewesen, und wie ich sie in den Armen eines anderen angetroffen habe.

»Habt ihr euch duelliert?«

»Wir hatten uns duelliert, und ich hatte ihn an der Hand verwundet.

»Du rächtest dich! – – – Um meinetwillen hat man sich auch duelliert«, sagte sie im Vorübergehen und fragt dann, ob ich die andere noch liebe.

»Nein, jetzt liebe ich dich.«

»Ja, aber nur für eine Weile.«

»Ich glaube, ich könnte dich lange genug lieben, wenn du in Finnland wärest.«

Sie bittet mich, sie nach Finnland zu führen, sie ist dieses Leben überdrüssig, Cafés und Tanz sind ihr verhaßt. Sie sehnt sich fort, weit fort von Paris.

»Aber weshalb lebst du denn hier?«

»Weil ich muß!«

Und wir geben uns beide der Illusion hin, daß wir zusammen von hier fort in meine Heimat reisen werden. Wir wissen ja alle beide, daß nichts daraus werden kann, aber wir tun so, als glaubten wir es, und wir sind ganz entzückt, wenn wir uns diese Möglichkeit einbilden. Nichts bindet sie hier, sie hat keinen eigentlichen Freund. Und wir fahren über das Meer, gehen am Tage auf dem Deck auf und nieder oder sitzen im warmen Sonnenschein, und des Nachts schlafen wir in derselben Kajüte, in der allerbesten, die auf dem ganzen Schiffe ist. Wir sind wie Neuvermählte.

»Ah, wir spielen Neuvermählte!«

Und wenn wir nach Helsingfors kommen, sage ich, daß sie meine Gattin ist, und wenn wir auf den Boulevards spazieren gehen –«

»Gibt es dort in deiner Heimat auch Boulevards?«

»Ja, dort gibt es auch Boulevards – – –«

»Und alle wenden sich dann um und betrachten sie und fragen, wer diese Frau wohl sein mag, die so schön gekleidet ist, so fein und so ›schick‹?«

»Du glaubst, daß ich dort Aufsehen erregen würde?«

»Ganz bestimmt.«

»Führe mich dorthin, teurer Freund! laß uns zusammen reisen, – morgen!«

»Im Sommer ziehen wir aufs Land, wo wir eine Villa haben!«

»Ja, ja, ein kleines Haus auf dem Lande!«

»Und wir fischen und rudern und segeln.«

Sie hat auf der Seine gerudert, sie hat einen Ruderanzug, den will sie mitnehmen.

Und dann versetze ich sie überall dahin, wohin ich früher in einsamen Stunden und zu stiller, nächtlicher Weile oben auf meiner Bodenkammer in Gedanken Anna versetzt habe, wo sie festgewachsen ist, und von wo ich sie jetzt losreiße, indem ich mich bemühe, das zerbrechliche Gewebe aller meiner feinsten Stimmungen zu zerstören. Und ich freue mich darüber, ich genieße das Bewußtsein, daß ich es tun kann. Und wenn ich an meine Liebe zu Anna denke und an die Art und Weise, wie ich jetzt meine Gefühle behandle, empfinde ich Verachtung für meine Schwäche, und ich sage halblaut zu mir selber: »War es nichts weiter! Wahrlich, das verlohnte sich der Mühe!«

Aber dann fange ich an, müde zu werden, und will das Ganze verschlafen. Ich blase das Licht aus, fühle aber, daß ich noch nicht schlafen kann. Ich werde nervös, ihr Kopf beschwert meinen Arm, und ihr Atem sengt. Ich wollte, daß sie sich umwendete und nach der Wand hin atmete.

Während ich noch überlege, wie ich ihr den Vorschlag machen kann, ohne sie zu verletzen, kommt sie selber auf den Einfall. Da ich sie in Verdacht habe, daß sie vielleicht meiner ebenso überdrüssig ist, wie ich ihrer, peinigt mich das ganze Verhältnis, und wenn ich daran denke, worüber ich soeben gesprochen habe, überkommt mich ein Gefühl unwiderstehlichen Ekels, und ich ziehe mich weit von ihr zurück.

Sie fängt bald an, wie eine Schlafende zu atmen, und ich versuche ebenfalls einzuschlafen. Aber die fremde Umgebung, das nächtliche Treiben auf der Straße und das Rasseln der Räder hindern mich daran.

Ich vernehme Stimmen und Schritte auf der Treppe, Unterhaltungen zwischen Männern und Frauen im Nebenzimmer und unterdrücktes Lachen. Am störendsten aber ist mir ihre Nähe. Ich fürchte, daß sie erwachen kann, daß sie anfangen wird, mich zu liebkosen, und ich stelle mich daher schlafend, sobald ich höre, daß sie sich bewegt.

Schließlich versinke ich in einen Halbschlaf. Und kaum ist das geschehen, als mich ein Alpdruck befällt. Ich träume, daß ich sie belausche, die dort liegt. Ich glaube, daß sie wacht und nur darauf wartet, daß ich einschlafen soll. Sie lauert auf einen günstigen Augenblick, um nach dem Stuhl zu schleichen, wo all mein Geld liegt. Aber es ist nicht meine neue Freundin, die ich belausche, sondern es ist Anna, oder vielmehr eine Mischung von ihnen beiden. Sie will mir mein Geld stehlen.

Ich will mich zwingen, aufzuwachen, vermag es aber nicht, sondern schlummere ein. Ich fürchte mich, daß sie vielleicht inzwischen aufgestanden sein kann. Ich erwache, indem ich mich mit einem wunderlichen Stöhnen aufrichte.

»Was hast du nur? Laß mich schlafen! Ich will schlafen!«

Ich wage nicht wieder einzuschlafen, ich will unter keiner Bedingung diesen Traum noch einmal träumen.

Und lange Stunden liege ich wach, höre die Uhr auf dem Marmorkamin ticken und die halben und ganzen Stunden schlagen. Das ganze Elend dieses Lebens. Die ganze Schwermut dieser meiner Verlassenheit bedrückt und peinigt mich. Und es scheint mir, als wäre es nicht allein mein eigenes Unglück, sondern auch das der ganzen Welt, das in dieser Stunde durch mich seinen Klageruf ausstoßen will über dieselbe Zerrissenheit und Unbill, unter der ich leide. Wie schmutzig, häßlich und lügenhaft dies alles ist. Und ich hatte einen Augenblick glauben können, daß mir dies Trost und Vergessenheit bringen würde.

Und noch immer sehe ich Anna vor mir. Ich sehe sie jetzt, diese Nacht, in ihrem Heim, den friedlichen Schlaf ihrer Unschuld in dem jungfräulich geschmückten Zimmer schlafend, in das der reine, bleiche Mondschein fällt; an den Fenstern glitzern frostige Eisbilder, und draußen breitet sich eine mondbeleuchtete Schneelandschaft aus. Nie, nie! Es ist für alle Ewigkeit vorbei, für alle Ewigkeit verloren!

Bald aber fängt sie an, im Schlaf zu stöhnen. Sie weint, schluchzt, seufzt und windet sich, als sei auch sie von einem bösen Geist besessen. Wer weiß, wovon sie träumt, was sie leidet, und ob nicht ihre Träume weit schrecklicher sind als die meinen. Und ich empfinde ein grenzenloses Mitleid mit ihr, ich stelle mir unser gemeinsames Unglück vor, wecke sie und schließe sie in meine Arme mit der Zärtlichkeit und dem Feuer der Hoffnungslosigkeit. Halb im Schlaf schmiegt sie sich an mich:

»Ich liebe dich, – ich liebe dich, – ich habe eine so entsetzliche Angst, – küsse mich! küsse mich!« –

Und abermals vergesse ich die Vergangenheit, ich will nicht daran denken, ich muß mich davon frei machen. – – –

Das Licht brennt ruhig und leuchtet gleichmäßig. Ich habe ein Glas Bier getrunken und eine Zigarre geraucht. Auf dem Rücken liegend und im Wachen phantasierend, Körper und Seele in einem von Erschlaffung erzeugten harmonischen Gleichgewicht, denke ich fast mit Verwunderung an meine Liebe zu Anna und an alle die, wie es mir scheint, kindischen Stimmungen, die ich um ihretwillen in der letzten Zeit durchlebt habe. Plötzlich kommt es mir vor, als sei sie nur das kleine Mädchen aus meiner Studentenzeit, dem ich auf dem Wege zur Schule begegnete und das mir nichts anderes war als ein bekannter Vogel, den ich von den anderen nur deswegen unterschied, weil er mir so oft über den Weg flog. Ich frage mich, was eigentlich all dieser Zwang, all diese Pein gewesen ist, die ich mir ihretwegen auferlegt habe. Habe ich wirklich so kindisch, so unentwickelt sein können? Wie habe ich mir nur plötzlich die Möglichkeit einer feinen, idealen Liebe, einer Familie, eines Heims, eines ehelichen Glückes vorstellen können, alles das, woran ich seit Jahren nicht mehr geglaubt hatte? Woher ist mir so plötzlich dieser Rückfall in die alte Krankheit gekommen? Die Welt ist realistisch und roh, man muß sie hart anfassen, sie gleicht einer Brennessel, welche die Hand verbrennt, die sie mild und liebkosend berührt.

Der Tag beginnt zu grauen. Sie hat schon lange wieder geschlafen, und diesmal ruhig. Der Schein des Lichts wird gelb und bleich, und der Tag dringt durch die Gardinen. Gestern abend schienen sie mir von dichter, schwerer Seide zu sein, jetzt sind sie an vielen Stellen zerfetzt und abgescheuert. Ich stehe auf und ziehe sie zurück. Der Bezug des Sofas ist verschossen, der Teppich und die Tischdecke sehen alt und verschlissen aus. Mit der ganzen unbarmherzigen Kraft der Wirklichkeit fällt das Sonnenlicht auf sie. Sie liegt ruhig da, der Kopf ist vom Kopfkissen herabgesunken. Sie verträgt das helle Tageslicht ebensowenig wie ihr Zimmer. Die künstlichen Locken, die ihr in die Stirn herabhängen, sind ausgefallen und stehen ab wie Disteln. Die Stirn ist mit Runzeln bedeckt, sie ist schwarz unter den Augen und hat einen schlaffen Zug um den Mund.

Ich selber sehe nicht viel besser aus, als ich mich im Spiegel beschaue. Die Züge sind schlaff, die Augen matt, das Haar ist zerzaust; der Bart steht ab wie Stoppeln, das Manschettenhemd ist zerdrückt.

Die Säume meines Beinkleides sind noch naß von gestern, der Zylinder ist an vielen Stellen gegen den Faden gestrichen, und der Kragen ist schmutzig.

Als sie hört, daß ich im Zimmer umhergehe, erwacht sie plötzlich.

»Gehst du schon?« fragt sie.

Sie scheint aus irgendeinem Grunde besorgt zu sein, unruhig folgt sie meinen Bewegungen mit den Blicken. Und als ich meinen Überrock bereits anhabe und meinen Hut bürste, kann sie es nicht unterlassen, zu fragen:

»Du gehst doch nicht, ohne mir eine Kleinigkeit zu schenken?«

Als sie die Goldmünze auf dem Kamin klirren hört, steht sie auf, sucht ihre Pantoffel, hüllt sich in den Morgenrock und begleitet mich hinaus. An der Tür will sie mich küssen, aber ich verhindere es, und ihr scheint nicht sonderlich daran gelegen zu sein. Wir haben genug voneinander bekommen.

Als ich die Treppen hinabgehe, auf denen man überall Decken klopft, sehe ich vor einer Tür zwei Paar Schuhe, ein größeres und ein kleineres, beide lehmig und zum Putzen hinausgestellt.

Draußen schlägt mir ein kalter, heller Weihnachtsmorgen entgegen. Aus einer nahegelegenen Kirche ertönt Glockengeläute.

Meine Pförtnerin, die mir auf der Treppe begegnet, wünscht mir fröhliche Weihnachten.

Von dem Fenster in meinem Zimmer sehe ich ganz Paris im Morgenlicht daliegen und die Dächer und die Kuppeln der Kirchen schimmern. Mechanisch wasche ich mich, ziehe reine Wäsche an und lege mich nochmals schlafen.

Und während ich dort liege und zu der Decke hinaufstarre, habe ich noch immer die eiskalte Stimmung, die mich dort bei jenem

Frauenzimmer erfaßte. Eine angenehme Mattigkeit überkommt mich, behaglich recke ich meine Glieder, die ganz geschmeidig und angenehm schlaff sind. Das Blut fließt mir so ruhig in den Adern, die mir von allem Bodensatz gereinigt und befreit scheinen.

»Ha!« sage ich, als ich an Anna denke. »Das war es also! Tiefer gingen also die Wurzeln nicht!« Ich sage das laut, ich will hören, wie es klingt. Und meine Stimme widerspricht mir nicht. Beruhige dich nur! So ist das Leben! Nimm es so hin, wie es sich dir bietet!

Und in den reinen, zum Fest frisch aufgelegten Betttüchern ruhend, male ich mir kalt, ruhig und ironisch überlegen ein klares Bild meiner Zukunft aus. Es ist eine farblose Zeichnung, mit trockenen Linien, wie mit einem Lineal gezogen, – genau so wie meine augenblickliche Stimmung.

Es ist das Zimmer eines alten Junggesellen. In der Mitte steht ein Arbeitstisch mit Papieren in bester Ordnung und ein Bücherbord mit Büchern. Ein Ledersofa und in der einen Ecke ein abgenutztes Rückenkissen für die Ruhe des alten Junggesellen. Eine eiserne Bettstelle. Tabaksqualm im Zimmer. Sorgfältig gebürstete Kleider. Am Tage in der Schule. Zu Hause ein bequemer Schlafrock und Pantoffel. Eine alte Madame, die den Haushalt führt. Die meisten Abende im Wirtshaus, wo man eifrig die Tagesfragen diskutiert und anfängt, sich dem Konservatismus zuzuwenden. Das ist doch schließlich das sicherste. Auf einen bestimmten Glockenschlag nach Hause. Man liest in einem Buch, ehe man sich legt. An der Wand über dem Bett hängt ein getrockneter Lorbeerkranz, eine Erinnerung an die Doktorpromotion. Aber ohne das Bild in der Mitte. Im Sommer auf einer einsamen Insel, um zu fischen.

Ja, das ist alles! Und darüber hinaus geht keine einzige Illusion oder eine Hoffnung, die auf eine solche begründet ist. Der Himmel meines Lebens bleibt klar und kalt. Ich selber erstarre und erschlaffe. Eine völlige Leere umgibt mich, das Totengeläute der öden Einsamkeit klingt mir in die Ohren. Und ich halte mich jetzt für gewaffnet, das hinzuzunehmen, was das Leben mir bietet. Und ich wende mich nach der Wand, um zu schlafen.

Und da scheint es mir, als hafte in meinen Betttüchern ein Duft von heute morgen, von ihrem Haar, ihrer Haut, ihrem Zimmer. Sie will mich an sich ziehen, will mich küssen und liebkosen.

Und wie mit einem Schlage ist die Stimmung, die mich eben noch erfüllte, und die Betrachtungen, die sie im Gefolge hatte, verschwunden. Ein nagender Ekel bringt mein ganzes Gemüt in Aufruhr, und ein Schauer durchbebt mich von Kopf zu Fuß.

Ich liebe sie wieder, Anna, hoffnungsloser, sinnloser denn je zuvor. Aus der Tiefe meines ganzes Wesens rufe ich sie an, jetzt, in diesem Augenblick zu mir zu kommen, dort zur Tür hereinzukommen, sich mir ans Herz zu werfen, mich durch ihre Küsse zu reinigen, mich mit ihren Liebkosungen zu einem neuen Menschen zu machen. Ich wollte ihr diesen ganzen, häßlichen, widerlichen Traum erzählen. Sie würde mir vergeben, und ich würde von neuem anfangen zu leben.

Aber sie kommt nicht. Die Schritte auf der Treppe sind nicht die ihren. Es ist jemand so wie ich, er bleibt vor seiner Tür stehen und dreht den Schlüssel im Schloß herum.

Weshalb läßt sie mir keine Ruhe, nicht einmal in meinem Grabe? Weshalb kann ich sie nicht los werden, sie nicht vergessen, sie nicht beiseite schieben, wie so manche andere betrogene Hoffnung? Weshalb nicht in meinen Genüssen und dem Egoismus meiner Einsamkeit um Scheidung von ihr einkommen? Weshalb kann ich nicht in meiner eigenen Gleichgültigkeit erstarren?

Aber vergebens frage ich. Ich fühle, daß ich es nicht kann, nicht imstande dazu bin. Vielleicht wird sie auf eine kurze Weile aus meinem Sinn verschwinden, vielleicht für einen Abend, für eine Nacht. Diese hoffnungslos nüchternen, diese unmöglichen Morgenstunden werden sich immer gleich bleiben. Sie werden stets wiederkehren, diese selben Gefühle, dieses selbe schmerzliche Entbehren, dieser zehrende, nagende Lebensüberdruß. Ich mag leben, wo ich will, ich mag Trost suchen, worin ich will. Stets werde ich die Hand nach ihr ausstrecken, obwohl ich sie niemals finden werde. Ich mag versuchen, ihr Bild zu begraben, ihre Züge zu verschleiern, – stets wird das Wasserzeichen mit ihrem reinen Profil und der ringelnden Locke am Ohr hindurchscheinen.

tredition®

Über tredition

Eigenes Buch veröffentlichen

tredition wurde 2006 in Hamburg gegründet und hat seither mehrere tausend Buchtitel veröffentlicht. Autoren veröffentlichen in wenigen leichten Schritten gedruckte Bücher, e-Books und audio-Books. tredition hat das Ziel, die beste und fairste Veröffentlichungsmöglichkeit für Autoren zu bieten.

tredition wurde mit der Erkenntnis gegründet, dass nur etwa jedes 200. bei Verlagen eingereichte Manuskript veröffentlicht wird. Dabei hat jedes Buch seinen Markt, also seine Leser. tredition sorgt dafür, dass für jedes Buch die Leserschaft auch erreicht wird.

Im einzigartigen Literatur-Netzwerk von tredition bieten zahlreiche Literatur-Partner (das sind Lektoren, Übersetzer, Hörbuchsprecher und Illustratoren) ihre Dienstleistung an, um Manuskripte zu verbessern oder die Vielfalt zu erhöhen. Autoren vereinbaren direkt mit den Literatur-Partnern die Konditionen ihrer Zusammenarbeit und partizipieren gemeinsam am Erfolg des Buches.

Das gesamte Verlagsprogramm von tredition ist bei allen stationären Buchhandlungen und Online-Buchhändlern wie z. B. Amazon erhältlich. e-Books stehen bei den führenden Online-Portalen (z. B. iBookstore von Apple oder Kindle von Amazon) zum Verkauf.

Einfach leicht ein Buch veröffentlichen: **www.tredition.de**

Eigene Buchreihe oder eigenen Verlag gründen

Seit 2009 bietet tredition sein Verlagskonzept auch als sogenanntes "White-Label" an. Das bedeutet, dass andere Unternehmen, Institutionen und Personen risikofrei und unkompliziert selbst zum Herausgeber von Büchern und Buchreihen unter eigener Marke werden können. tredition übernimmt dabei das komplette Herstellungs- und Distributionsrisiko.

Zahlreiche Zeitschriften-, Zeitungs- und Buchverlage, Universitäten, Forschungseinrichtungen u.v.m. nutzen diese Dienstleistung von tredition, um unter eigener Marke ohne Risiko Bücher zu verlegen.

Alle Informationen im Internet: **www.tredition.de/fuer-verlage**

tredition wurde mit mehreren Innovationspreisen ausgezeichnet, u. a. mit dem Webfuture Award und dem Innovationspreis der Buch Digitale.

tredition ist Mitglied im Börsenverein des Deutschen Buchhandels.

Dieses Werk elektronisch lesen

Dieses Werk ist Teil der Gutenberg-DE Edition DVD. Diese enthält das komplette Archiv des Projekt Gutenberg-DE. Die DVD ist im Internet erhältlich auf **http://gutenbergshop.abc.de**